Stefan Lamboury

Der Rattenripper

Psychothriller

Stefan Lamboury Josefstr. 2, 48683 Ahaus
E- Mail: stefanlamboury@yahoo.de
Tel.: 0261 1383

Kapitel 1

In der Kanalisation

Sie schlug die Augen auf und starrte in die Dunkelheit. Sie hatte keine Ahnung, wo sie sich befand oder wie sie hierher gekommen war. Ein leichter Schmerz saß in ihren Schultern, doch sie nahm ihn kaum wahr. Der Geruch von Fäkalien und abgestandenem Wasser machte sich kaum merkbar in ihrer Nase breit. Sie versuchte zu schreien, doch die Worte blieben ihr im Halse stecken. Ein fader Geschmack wie von einer ausgeleierten Socke lag ihr auf der Zunge. Petra ließ einen Blick durch den Raum schweifen. Wage konnte sie die Umrisse von Rohren erkennen, die an grauen Wänden entlangliefen. Sie glaubte Lärm zu hören, aber sie war sich nicht sicher, die Geräusche klangen dumpf und schienen etliche Meter oder Kilometer weit entfernt zu sein. War das hier ein Traum? Lag sie in ihrem Bett und schlief? Sie konnte sich nicht daran erinnern, zu Hause gewesen zu sein. Sie wusste ehrlich gesagt überhaupt nicht, was sie in den vergangenen Stunden getan hatte oder wo sie gewesen war. Ihre Sinne begannen sich zu klären, der Lärm auf der Straße war deutlich zu hören, sie vernahm Motorengeräusche von Autos und das dumpfe Knattern eines Presslufthammers. Sie vernahm Schritte wie auch das Quengeln und Fauchen von Kindern und gestressten Müttern. Ein kalter Windhauch fuhr ihr um die Taille und sie stellte mit Entsetzen fest, dass sie nackt war. Wer hatte ihr das angetan und was war mit ihren Kleidern geschehen? Hatte man sie weggeworfen wie ein paar alte Putzlappen? War sie in die Hände eines Perverslings gefallen? Einer der Leute, die den Slip ihrer Opfer aufbewahrten, um an ihm riechen und hinein zu wichsen? Und wenn dem so war, was hatte dieses Schwein mit ihr vor? Wollte man sie vergewaltigen, oder Nacktfotos von ihr machen, um sie für seine oder ihre private Sammlung zu behalten? Wollte man sie umbringen? Bei dem Gedanken daran was man ihr alles antun könnte stieg Panik in ihrem Innerem auf und sie begann an den Fesseln zu zerren. Die Kette der Handschellen spannte sich nur, um kurz darauf wieder zu erschlaffen. Ein kurzer Schmerz bereitete sich in ihren Handgelenken aus, doch Petra registrierte ihn kaum, ein weiteres Mal begann sie an ihren Fesseln zu zerren, nur um feststellen, dass es aus ihrer eisigen Umklammerung kein Entrinnen gab.

Petra versuchte um Hilfe zu schreien, doch aus ihrer Kehle drangen nur ein paar Laute, die man nicht definieren konnte. Das Herz schlug ihr bis zum Halse, kalter Angstschweiß lief ihren Nacken herunter. Sie schloss die Augen und zwang, sich ruhig zu bleiben, wenn sie jetzt in Panik geriet, würde ihr das nichts nützen. Irgendwann würde jemand kommen. Und was geschah dann? Petra verdrängte den Gedanken, es brachte nichts, sich jetzt verrückt zu machen, ihr blieb so oder so nichts anderes übrig, als abzuwarten. Petra versuchte sich, daran zu erinnern, wer ihr das angetan haben könnte. Einer aus ihrem Bekannten oder Freundeskreis? Jemand, mit dem sie sich verkracht hatte? Sie zermarterte sich das Hirn, doch ihr fiel niemand ein. Sie hatte keine Feinde und sie waren auch nicht wohlhabend. Warum war sie entführt worden? War es jemand aus ihrer Kindheit, ein Mitschüler oder eine Mitschülerin, mit der sie sich damals schon nicht verstanden hatte und die sich an ihr rächen wollte. Ein damaliger Liebhaber? Das war lächerlich, sie war immer beliebt auf der Schule gewesen, gut es gab ein paar Schüler, die sie nicht besonders mochten, aber keinem von denen traute sie zu, dass er deswegen zu so drastischen Mitteln griff. Zudem lag ihre Schulzeit auch schon etliche Jahre zurück. Selbst ein Exfreund kam nicht infrage, sie war seit über zwanzig Jahren glücklich verheiratet und wer war schon so verrückt, dass er nach über zwanzig Jahren beschließt sich an ihr zu rächen. Petra ließ den Tag Revue passieren. Sie war die Letzte im Büro gewesen, sie war noch damit beschäftigt gewesen, die Bilanzabschlüsse für den nächsten Tag fertigzustellen. Alle anderen Mitarbeiter der Firma hatten das Büro gegen sieben Uhr verlassen, nur sie war noch da geblieben, weil ihr Chef die Abschlüsse bis zum nächsten Tag um acht Uhr auf seinem Schreibtisch haben wollte. Erst Abends um acht Uhr hatte sie ihren Computer heruntergefahren und war in die Tiefgarage zu ihrem Wagen gegangen. Auf dem Weg dorthin war Petra der schwarze BMW aufgefallen, der sich ein paar Plätze weiter befunden hatte. Der Wagen hatte getönte Scheiben und soweit sie wusste fuhr keiner ihrer Kollegen so ein Auto. Jedoch hatte sich Petra nichts weiter dabei gedacht. Als sie gerade bei ihrem Audi angekommen war, hatte sie einen leisen Knall vernommen, begleitet von einem Stich, der sich in ihre linke Schulter bohrte. Und dann war sie an diesem Ort wieder wach geworden. Was zwischen dem

Schuss und ihrem Erwachen passiert war, wusste sie nicht, aber es war offensichtlich, dass ihr jemand in der Tiefgarage aufgelauert hatte. Er hatte sie wahrscheinlich, während sie bewusstlos gewesen war, ausgezogen und an diesen Ort gebracht. Sie vernahm Schritte. Jemand schien zu kommen. War es dieser Perversling, der ihr in der Tiefgarage aufgelauert hatte? Oder jemand anderes, ein Kanalarbeiter? Jemand, der im Auftrag der Stadt das Abwassersystem wartete. Das Herz schlug ihr bis zum Halse, was sollte sie nur tun, wenn es dieser Perversling war? Hier unten würde sie niemand hören, selbst dann, nicht wenn sie sich die Seele aus dem Leib schrie. Falls sie überhaupt schreien konnte, mit diesem verdammten Knebel im Mund würden wahrscheinlich nur ein paar seltsame Stöhnlaute aus ihrer Kehle kommen. Sie drehte den Kopf zur Seite, aus dem Augenwinkel konnte sie einen Mann erkennen, der mehrere kleine Käfige transportierte. Was sich jedoch in Innerem dieser Behälter befand, konnte sie nicht erkennen. Der Mann trat auf sie zu und Petra spürte, wie seine Finger über ihren Rücken fuhren. Ein kalter Schauer lief ihr über den Rücken und ihre Fantasie sagte ihr, dass es ein Perversling war, der jeden Augenblick seine

Hose öffnen würde, um sie zu vergewaltigen. Er machte sich an ihrem Knebel zu schaffen, worauf Petra schon dachte, dass sie sich geirrt hatte. Als der Fremde ihren Knebel löste, stieß sie hervor: „Bitte helfen Sie mir, irgendjemand hat mich entführt, bitte rufen Sie die Polizei.“

Der Mann tat nichts dergleichen, stattdessen umfasste er ihre linke Brust und fuhr vorsichtig mit seinen Fingern ihren Bauch entlang, bis zu ihrer Scheide. Petra konnte es kaum fassen, Tränen schossen ihr in die Augen, als sie keuchte: „Bitte lassen Sie mich gehen, bitte ich schwöre Ihnen, wenn Sie mich gehen lassen, werde ich Sie nicht anzeigen, ich habe Geld, wie viel wollen Sie? Sie können alles haben, aber bitte tun Sie mir das nicht an.“

Für einen Augenblick war sie davon überzeugt, dass ihr Peiniger sich die Hose geöffnet hatte. Sie war sich sicher, dass Öffnen seines Reißverschlusses gehört zu haben und stellte sich darauf ein, jeden Moment seinen widerwärtigen Schwanz in ihrem After zu spüren. Doch stattdessen eilte ihr Peiniger zu dem Servicewagen, von welchem er ein Stativ wie auch eine Kamera nahm und sie vor seinem Opfer aufbaute. Als Petra sah, was dieses Schwein machte, rutschte ihr Herz in die unteren Regionen, reichte es dieser Drecksau denn nicht sie einfach nur zu nehmen, musste er seine Gelüste auch noch für seine private Pornosammlung auf Video festhalten? Trotz der Dunkelheit konnte Petra deutlich ein kleines rotes Lämpchen sehen, was nur bedeuten konnte, dass die Kamera eingeschaltet war. Der Mann bewegte sich auf die Käfige zu. Petra vernahm das Klippern eines Schlüsselbunds und das hohle Klicken, als das Schloss der ersten Käfigtür aufsprang. Ein weiteres Klicken, begleitet von einem Rascheln. Was waren das für Lebewesen? Schlangen oder Spinnen? Sie vernahm ein leises Trippeln, welches sich ihr langsam näherte. Für eine Schlange oder eine Spinne war das Geräusch zu laut. Waren es Mäuse oder Ratten? Gepackt von Ekel und blankem Entsetzen begann sie schreien:"Oh nein bitte schaffen Sie diese gottverdammten Viecher weg, ich mache alles was Sie von mir verlangen, aber bitte schaffen Sie diese gottverdammten Viecher wieder in die Käfige zurück."

Ihr Kidnapper stand einfach nur da und schien das Treiben der Ratten teilnahmslos zu beobachten. Sein Körper begann zu zittern.

Und Petra dachte schon, dass er einen Anfall bekam. Aber Sekunden später musste sie feststellen, dass sich auch die anderen Ratten auf sie zu bewegten. Petra fing an zu schreien, als sie mitbekam, wie die ersten Ratten auf ihre Füße kletterten und langsam begannen sich an ihren Beinen hochzuarbeiten. Ein stechender Schmerz fuhr ihr in die Wade, es fühlte sich an wie Reißzähne, die sich in ihr Fleisch bohrten. Warmes Blut floss ihre Wade hinunter, als sich das erste Stück Fleisch von ihrem Körper löste.

Kapitel 2

Die Tote in der Kanalisation

Kriminalkommissar Baumann saß an seinem Schreibtisch, um den Bericht über den Familienmord in der Arbeckerstraße fertigzustellen. Ein 39 Jahre alter Mann hatte seine Frau und seine beiden Kinder getötet. Der Täter hatte nachdem er sich ergeben hatte ausgesagt, dass seine Frau ihn wegen eines anderen Mannes verlassen wollte, und da wäre er durchgedreht. Er hatte seine Remington aus der Schublade genommen und zuerst seine Frau und anschließend seine beiden Söhne mit zwei Kopfschüssen in der Küche getötet. Anschließend hatte er die Polizei gerufen und alles gestanden. Der Täter war Sicherheitsbeauftragter einer Computerfirma gewesen und Mitglied im örtlichen Sportschützenverein. Er hatte sich nicht einmal die Mühe gemacht, Spuren zu verwischen, er war einfach in die Küche gegangen und hatte die Polizei gerufen. Und obwohl die Tat grausam gewesen war, so hatte Baumann trotz alledem Mitleid für ihn empfunden. Wenn man nach 24 Jahren Ehe herausfindet, dass die eigene Frau einen seit drei Jahren mit einem anderem hintergeht, so

war das für einen Mann, der seit Jahren Tag
ein und Tag aus zur Arbeit fährt und dafür
sorgt, dass die Familie etwas zu Essen auf den
Tisch bekommt schon ein ganz schön derber
Schlag ins Gesicht. Und mal wieder stellte sich
Baumann die Frage, wie er reagieren würde,
wenn es seine Frau gewesen wäre, die ihn
hintergangen hätte? Das Telefon klingelte und
riss ihn aus seinen Gedanken. Es war sein
Vorgesetzter, der sagte: „Herr Baumann bitte
kommen Sie umgehend in mein Büro."

„Ich bin schon unterwegs.", erwiderte Baumann und legte auf. Er flog noch mal kurz
über seinen Bericht und klickte, auf das
Symbol drucken in der Bildleiste seines
Computers. Wenige Sekunden später, ließ der
Drucker sein vertrautes Surren erklingen,
worauf der Bericht fein säuberlich auf seinem
Schreibtisch landete. Herr Baumann nahm
das Exemplar auf und ging hinaus. „Guten
Morgen Herr Hackford", sagte Baumann, als er
sein Büro betrat. „Hier haben Sie den Bericht
über den Familienmord in der Arbeckerstr."

„Ist gut, danke. Ich habe da etwas für Sie, vor
ein paar Minuten wurde in der Kanalisation
unter der Kampstraße eine Frauenleiche

gefunden, ich möchte dass Sie mit Frau Mey dorthin fahren und sich der Sache annehmen. Machen Sie sich bitte sofort auf den Weg. Frau Mey ist bereits unten und wartet auf Sie."

„Ist gut.", erwiderte Herr Baumann und ging hinaus.

Frau Mey war eine attraktive und sehr engagierte Kollegin, sie war seit drei Jahren bei der Kripo und hatte bis jetzt fast jeden Fall aufklären können. Viele ihrer Kollegen fanden, dass sie die besten Voraussetzungen für eine Beförderung mitbrachte. Zudem war sie schlagfertig und nicht so leicht aus der Fassung zu bringen.

„Guten Tag Frau Kollegin.", sagte Herr Baumann, als er sie an ihrem Dienstwagen traf.

„Guten Tag, wir haben eine Tote in der Kampstraße 21."

„Ich bin bereits informiert, lass uns losfahren."

Frau Mey und Herr Baumann erreichten den Tatort eine gute Stunde, nachdem sie losgefahren waren, ein Beamter der Schutzpolizei wartete bereits auf sie. „Guten Tag Kollegen, die Frauenleiche befindet sich in der Kanalisation, folgen Sie mir bitte.“

Die Beamten stiegen eine Leiter aus Metall hinunter, der Geruch von Urin, Kaviar und anderem Unrat stieg ihnen die Nase.

„Dieses Abwassersystem wird nicht mehr benutzt, die Stadt hat vor einigen Jahren eine neues Abwassersystem eingerichtet und dieser Teil gehört noch zu den Überresten des alten Kanalsystems von 1993.“, erklärte der Beamte der Schutzpolizei.

„Danke für Ihre Erklärungen, sagen Sie uns was über die Leiche die hier unten liegen soll.“

„Wir gehen von einem Gewaltverbrechen aus, das Opfer wurde mit Handschellen an ein Abflussrohr gekettet. Es sieht fast so aus, als wenn der oder die Täter ihr mit einem scharfen Gegenstand einem Messer oder einem Beil ganze Stücke Fleisch aus dem Körper gehackt hätten. Auch Ratten haben sich an dem Leichnam des Opfers gütig getan. Wir haben Spuren von Haaren gefunden, eindeutig Menschenhaare, es war noch jemand bei ihr, ob Mann oder Frau lässt sich nicht sagen. Zudem haben wir auch andere Haare gefunden, sehr wahrscheinlich von den Ratten, welche die Frau angeknabbert haben. Aber näheres wissen wir erst wenn wir alles untersucht haben. Außerdem haben wir Schuppen und Hautpartikel sicherstellen können. „

„Was ist mit Fingerabdrücken?", fragte Baumann.

„Wir sind dran, aber bis jetzt haben wir noch keine finden können. Wahrscheinlich haben der oder die Täter Handschuhe getragen. Darüber hinaus konnten wir winzige Partikel getrocknetes Blut sicherstellen, wahrscheinlich vom Opfer."

„Ist gut dann werden wir uns die Leiche jetzt mal näher ansehen."

Als Baumann gemeinsam mit seiner Kollegin den Schauplatz des Verbrechens betrat, trauten sie ihren Augen nicht. Vor ihnen befand sich eine Frau, die wie ein nasser Sack an ein Abflussrohr hing. Die Nase der Frau war nur noch ein kaum definierbares etwas, ganze Brocken rohen Fleisches schienen ihr direkt aus dem Körper gerissen worden zu sein, an einigen Stellen konnte man deutlich die erschlafften Muskeln und Knochen sehen. In ihrer linken Schulter befand sich ein Loch von gut zwei Zentimetern Durchmesser, Fetzen von rohem Fleisch baumelten wie lose Fäden an beiden Enden des Loches herab. Ohne Probleme konnte man durch dieses hindurchschauen, die Ratten hatten ganze Arbeit geleistet. Im Bauch des Opfers befanden sich vier weitere Öffnungen, aus denen Eingeweide wie rote leblose Schlangen hervorquollen. Für einen Augenblick hatte Baumann das Gefühl sich übergeben zu müssen. Er hatte in seinen über 20 Dienstjahren schon viel gesehen, aber das Bild, was sich ihm hier bot, war ihm in seinem ganzen Leben noch nicht untergekommen. Welches kranke Schwein den Tod dieser Frau auch immer zu verantworten hatte ganze Arbeit geleistet. Der Kommissar trat näher an den Leichnam heran und begann das Loch in ihrer Schulter genauer unter die Lupe zu nehmen. Es war deutlich zu erkennen, dass sich ein scharfer Gegenstand da hinein gebohrt hatte. Winzige Knochensplitter waren sichtbar. Zudem waren kleine Abdrücke von Zähnen zu erkennen.

Ratten, schoss es ihm durch den Kopf. Eine dieser Ratten hatte sich komplett durch die Schulter des Opfers gefressen. Der Kommissar nahm ein Maßband aus dem silbernen Aluminium Koffer, den seine Kollegin mitgebracht hatte, und begann den Durchmesser der Bisswunden auszumessen. Er kramte eine kleine Dose hervor, in der sich gefärbte Eisenspäne befanden. Mithilfe eines feinen Pinsels strich er die Eisenspäne auf die Umrisse der Bisswunden. Anschießend nahm Baumann eine spezielle Folie zur Hand und drückte sie auf die Wunden, welche er Sekunden später einfach abzog. In der Zwischenzeit war Frau Mey damit beschäftigt, den Kanalarbeiter zu verhören.

„Sie haben die Leiche gefunden. Wann ungefähr?", fragte Frau Mey.

„Vor etwa einer Stunde, so um 10 : 00 Uhr."

„Haben Sie Ihren Ausweis dabei?"

Der Mann reichte ihr seinen Ausweis, worauf Frau Mey seine Personalien aufschrieb. Der Name des Mannes war Otto Winkler. Er war 45 Jahre alt. Seine Staatsangehörigkeit war deutsch. Wie sie aus seinen Personalien entnahm, war er 1,85 m groß.

„Herr Winkler, Sie waren heute hier unten um Wartungsarbeiten durch zu führen ist das richtig?“

„Richtig.“

„Sie arbeiten bei ARS im Bereich Abfluss und Kanaltechnik?“

„Auch korrekt.“

„Arbeiten Sie erst seit heute in diesem Bereich des Kanalsystems oder schon seit längerer Zeit?“

„Wir sind gestern hier angefangen. Zuvor haben wir das Kanalsystem in der Rheinischenstraße gesäubert und kleinere Reparaturen durchgeführt.“

Frau Mey sah Herrn Winkler mit durchdringenden Augen an, aber sie war sich sicher, dass er die Wahrheit sprach.

„Haben Sie irgendetwas gehört Hilfeschreie, Schritte oder ähnliches?"

„Nein nichts dergleichen."

„Es war also alles wie immer?"

„Ja wir sind durch die Gänge des Abwassersystems gegangen und haben eine Mängelliste erstellt."

„Haben Sie die Liste zufällig dabei, damit ich mal einen Blick darauf werfen kann?"

Herr Winkler reichte Frau Mey dem Abschnittsplan, woraus sie entnahm, dass für diesen Tag die Strecke der Kampstraße 8 bis 24 auf dem Programm stand.

„Ist gut, würden Sie bitte morgen um 9:00 Uhr in mein Büro kommen, damit wir Ihre Aussage noch mal kurz durchgehen können?", fragte Frau Mey und reichte Herrn Winkler ihre Karte.

„Das geht, ich bin um 9:00 Uhr da"

In der Zwischenzeit war der Kommissar damit beschäftigt Fotos von der Toten und dem Tatort zu machen. Als er damit fertig war, wandte er sich an seine Kollegin und sagte:"So wir haben alles, unsere Kollegen bringen die Leiche in die Gerichtsmedizin und wir beide werden die übrigen Hinweise ins Labor bringen."

Kapitel 3

Viktor erinnert sich

Viktor lebte in einem kleinen weißen Haus an der Weststraße. Er saß vor dem Fernseher und sah sich die Nachrichten an. Sie hatten die Leiche gefunden. Der Nachrichtensprecher teilte eben mit, dass in der Kanalisation an der Ackerbeckerstraße eine Frauenleiche gefunden wurde. Wie er den Medien entnahm, hatte die Polizei noch keine Hinweise auf die Identität des Opfers und wollte zum derzeitigen Stand der Ermittlungen auch keine weiteren Informationen bekannt geben. Ein kurzes Lächeln huschte über sein Gesicht, sie würden den Täter nie kriegen. Viktor schaltete den Fernseher aus und ging rüber zu seinem Schreibtisch. Der Computer ließ sein leises vertrautes Surren erklingen, als Viktor ihn einschaltete. In seinem Ordner Eigene Dateien befand sich ein Unterordner mit dem Namen Ausgeburten der Hölle. Er hatte diesen Ordner vor zwei Tagen angelegt, nachdem er das erste Höllenwesen in der Kanalisation erledigt hatte. Für Viktor waren alle Frauen Monster, sie waren in seinen Augen nicht mehr als machtgeile und herrische Geschöpfe, die mit großer Vorliebe das schwer verdiente Geld ihrer Ehemänner ausgaben. Viktor gefiel es, dass die Polizei die Leiche gefunden hatte, denn jetzt konnte sein Spiel offiziell beginnen. Die Medien waren sogar so dämlich gewesen, den Namen der Beamten zu veröffentlichen. Mit ein wenig Recherche würde es ein Leichtes sein, herauszufinden, wo die Beamten arbeiteten. Besonders diese Frau Mey interessierte ihn, sie würde eine exzellente Figur in seinem Spiel abgeben. Seine Gedanken rissen ab, als Viktor die Stimme seiner Mutter zu hören glaubte, nur wie war das möglich, sie war seit über fünf Jahren tot.

„Du böser böser Junge, was hast du schon wieder angestellt? Habe ich dir nicht gesagt, dass es Sünde ist mit acht Jahren noch ins Bett zu machen, los in den Schuppen mit dir.“

Es war an einem schönen Sommertag im August gewesen, wie üblich schlenderte Viktor allein über den Schulhof, da er keine Freunde besaß, aber das störte ihn nicht. Die meisten

Schüler mieden ihn und er war sich sicher, dass viele an dieser gottverdammten Schule über ihn redeten, aber keiner von ihnen brachte den Mut auf, es ihm ins Gesicht zu sagen. In seinen Augen waren sie alle Feiglinge, kleine verwöhnte Muttersöhnchen, die nur einmal mit dem Finger schnippen mussten, wenn sie ein neues Spielzeug haben wollten. Aber er selbst gehörte nicht zu denen, die irgendetwas geschenkt bekamen. Außer vielleicht mal zu Weihnachten eine neue CD von Kid Rock, oder ein neues Buch von Karl May, aber ansonsten bekam er von seiner Mutter nie auch nur einen Kaugummi geschenkt. In seinem Innerem beneidete Viktor die Schüler um ihre Eltern, auch wenn er es sich nicht anmerken ließ. Ein Junge trat auf ihn zu, er trug einen Potthaarschnitt, der ihm das Gesicht eines Vierjährigen verlieh. Der Junge ließ ein schmalziges Grinsen sehen und sagte: „Na du kleiner Hosenscheißer, hat deine Mutti dir wieder ein Butterbrötchen gemacht, damit du auch schon groß und stark wirst?"

Der Junge hatte den Satz gerade zu Ende gesprochen, da schoss Viktors Faust hervor und landete in seinem Gesicht. Viktor vernahm das Knacken von Konchen, Blut strömte aus der

Nase des Jungen, während er vor Schmerz aufheulte. Tränen standen ihn in den Augen, doch dieser Anblick machte Viktor nur noch rasender, er ließ erneut seine Faust hervorschnellen, die den Jungen dieses mal in direkt in die Magengrube traf. Viktors Gegner rang nach Luft und glitt wie ein Häufchen Elend zu Boden. Wie ein ausgehungertes Raubtier stürzte sich Viktor auf sein Opfer, bekam seine Kehle zu fassen und drückte zu. In der Zwischenzeit hatte sich um die Beiden Jungen ein riesiger Kreis gebildet, Schüler aus allen Klassenstufen standen herum und begafften fasziniert das ihnen gebotene Schauspiel. Der Junge stieß ein erstickendes Keuchen hervor, aber Viktor war es egal, er wollte dem Jungen eine Lektion erteilen, die er sein Lebtag nicht vergaß. Er nahm weder wahr, dass sie von anderen Mitschülern begafft wurden, noch dass langsam die Farbe aus dem Gesicht seines Opfers wich. Viktor verstärkte den Druck auf die Kehle des Jungen noch, er war wie ein wildes Tier und es war ihm egal, ob der Junge dabei drauf ging. Jemand packte Viktor an der Schulter und schrie: „Aufhören, sofort aufhören.“

Die Worte trafen Viktor mitten ins Gesicht, er ließ von dem Jungen ab und schaute bedröppelt auf. Hinter ihm stand Frau Kuhmeier, die ihm mit strengem Blick musterte. Der andere Junge lag regungslos am Boden, sein Gesicht sah aus wie das einer Leiche und sein T - Shirt war mit kleinen Blutspritzern verziert.

„Also was war hier los?", frage die Lehrerin, wobei sie Viktor mit wuterfüllten Augen ansah. „Na los rede endlich."

„Der Junge hat mich einen kleinen Hosenscheißer genannt und meinte, dass ich noch nicht mal in der Lage wäre mir ein Butterbrot zu machen."

Ein weiterer Lehrer war herbeigeeilt, der den am Boden liegenden Schüler begutachtete.

„Und deswegen bringst du ihn fast um? Komm mit wir beide werden zum Direktor gehen, damit du ihm die Sache erklären kannst."

Frau Kuhmeier packte den Jungen am Arm und zog ihn ins Schulgebäude. Die Wände im Inneren waren gelb gestrichen, schwarze Streifen von Schuhsohlen schmückten den unteren Bereich der Wände, da es immer wieder Jugendliche gab, die mit ihren Schuhen gegen das Mauerwerk traten. Die Fenster kamen Viktor wie geheimnisvolle Augen vor, aus denen die Pauker sie wie abgehetzte Tiere beobachteten. Die schwarzen Stiefel von Frau Kuhmeier klackten auf den grau melierten Boden, während Viktor ihr folgte. Ohne anzuklopfen, stieß sie die Tür zum Büro ihres Vorgesetzten auf und sagte: „Herr Kuhlkötter, Viktor hat Martin Schneider so brutal gewürgt, dass dieser bewusstlos zusammen gebrochen ist. Bitte rufen Sie umgehend einen Notarzt."

Ohne etwas zu erwidern, griff Herr Kuhlkötter nach dem Telefon, um einen Krankenwagen zu rufen.

„Feuerwehr Dortmund was kann ich für Sie tun?", fragte eine Frauenstimme am anderen Ende der Leitung.

„Direktor Horst Kuhlkötter hier, von der Gesamtschule am Mackenrottweg 15, bitte schicken Sie mir umgehend einen Krankenwagen, ein Schüler liegt bewusstlos am Boden."

„Seit wann ist der Schüler nicht mehr bei Bewusstsein?"

„Seit knapp zwei Minuten.“

„Wir sind in zehn Minuten da.“

„Danke.“, erwiderte Herr Kuhlkötter und legte auf.

Er wandte sich Viktor zu, starrte ihn mit großen Augen an und schrie:“Was ist da vorhin los gewesen? Ich habe gehört, dass du einen anderen Schüler so lange die Luft abgedrückt hast, bis dieser ohnmächtig geworden ist. Ist dir klar, dass der Junge vielleicht in Lebensgefahr schwebt und du ihn hättest umbringen können? Antworte mir gefälligst.“

Der Junge starrte Herrn Kuhlkötter über den schwarzen Eichentisch mit hasserfüllten Augen an und ballte die Hände zu Fäusten. Für einen Augenblick spielte er mit dem Gedanken den Brieföffner zu packen und ihm den Rektor direkt in die Kehle zu rammen. Er stellte sich vor, wie der Brieföffner durch die Haut des Direktors fuhr, Hautschichten durchbohrte und seinen Kehlkopf zertrümmerte. Wie Herr Kuhlkötter mit beiden Händen seinen Hals umklammerte und versuchte, den Gegenstand herausziehen. Er bildete sich ein erstickendes Gurgeln aus seiner Kehle zu hören, während er bei jedem Röcheln einen Klumpen Blut auf seinen Schreibtisch kotzte. Er sah, dass Herr Kuhlkötter immer schwächer wurde, bis er vor seinem Schreibtisch zusammenbrach. Er konnte erkennen, dass es dem Rektor gelang, den Brieföffner aus seinem Hals zu entfernen, und wie bei jedem Millimeter ein erstickendes Gurgeln aus seiner Kehle fuhr. Er sah eine Fontäne roten Blutes aus der Wunde hervorschießen, während er in der anderen Hand die Brieföffner hielt. Er sah, wie der Rektor die Augen verdrehte, bis nur noch das Weiße zu erkennen war. Wie von einer anderen Macht beseelt fuhr seine rechte Hand langsam über die Tischplatte, um nach dem silbern schimmernden Gegenstand zu greifen. Martha steuerte den Wagen in die Einfahrt und sagte: „Raus mit dir und dann sieh zu, dass du das Roggenfeld aberntest und die Ähren in die Scheune bringst. Du kommst mir nicht eher ins Haus, bis du alles fertig hast. Und glaub ja nicht, dass du das mit dem Traktor machen kannst, du wirst schön brav die Sense nehmen. Wollen doch mal sehen, ob wir dir deine Flausen nicht austreiben. Und jetzt setzt deinen verdammten Arsch in Bewegung."Mit hängenden Schultern begab sich Viktor zum Schuppen. Die Tür zur Scheune gab ihr vertrautes Knarzen von sich, als Viktor die schwere Eichentür aufstemmte, um die Arbeitsmaterialien zu holen. Viktor betätigte den Schalter, worauf die Glühbirne aufflammte und den Raum mit schwachem Licht erhellte Spinnenweben und meterdicker Staub bedeckten die Kammer. Spaten, Harken Unkrautjäter und eine Sense hingen direkt hinter der Tür an der Wand. Viktor nahm die Sichel von der Wand und begab sich zum Roggenfeld, sie war schwer, aber ihre Klinge war noch so scharf wie eh und je. Kein bisschen Rost befand auf ihrer Schneide, da seine Eltern immer sehr penibel mit ihren Arbeitsgeräten waren. Die Klinge glitt durchs Feld und die ersten Roggen fielen wie leblose Tiere zu Boden. Die Arbeit war mühselig und ging nur sehr langsam vonstatten, aber Viktor störte es nicht, denn mit jedem Halm der fiel, stellte er sich vor, dass es seine Mutter wäre, der er die Sichel durch ihre Kehle trieb. Er konnte es vor seinem geistigen Auge erkennen, er konnte sehen, wie er die Sense hob und sich die Schneide direkt durch ihren Hals bohrte. Er sah, wie ihre Klinge

Sehnen, Knorpel und Knochen zerschnitt. Wie sich der Kopf seiner Mutter von den Schultern löste und quer, durch Luft sauste, nur um einige Sekunden später wieder auf der Erde aufzuschlagen. Er konnte erkennen, wie der rote Lebenssaft aus ihrem Hals sprudelte, wie ihr Körper in der Luft wankte und zu Boden fiel. In seiner Einbildung sah er, ihren Schädel auf die Erde prallen und ihn mit weit aufgerissenen Augen anstarrten. In ihnen war nichts als grenzenloser Hass zu erkennen. Die Vorstellung, es wäre seine Mutter, die er gerade umbrachte, trieb ihn voran, Ähre für Ähre fiel seinen Hieben zum Opfer. Schweiß lief in Strömen seinen Nacken hinunter und jeder Muskel in seinem Innerem schmerzte. Hitze, Hunger und Durst zerrte an seinen Kräften, aber seine machtgierige Alte würde eine Pause unter keinen Umständen dulden. Seine Blase fing an zu protestieren, doch Viktor wollte auf keinen Fall schon jetzt in den Schweinestall, wo diese Schnepfe für ihn einen alten Eimer hingestellt hatte, damit er dort seine Notdurft verrichten konnte. Allein der Gedanke daran, in dieses Gefäß zu pissen, rief in ihm einen Brechreiz hervor. Viktor hob die Sense und weitere Rohgenhalme fielen zu Boden. Er versuchte sich voll und ganz auf die ihn übertragende Aufgabe zu konzentrieren, um den Drang seines Darms zu lindern. Die Sache lief anfangs sogar relativ gut, das Bedürfnis sich zu entleeren, nahm er, nur noch unterschwellig war, ähnlich als wenn man eine Spritze beim Arzt bekam. Doch der Drang seines Körpers wurde mit jeder verstrichenen Minute energischer. Viktor vermutete, dass sich seine Mutter insgeheim ins Fäustchen lachte, wenn er seine Notdurft in dem Kübel abließ und diesen Triumph wollte Viktor ihr auf keinen Fall gönnen. Er würde sein Bedürfnis so lange möglich zurückhalten. Mit etwas Glück, würde es ihm gelingen, das Verlangen so lange zu unterdrücken, bis er mit seiner Aufgabe fertig war. Für seine Alte wäre das mit Sicherheit schlimmer als ein Schlag mitten in ihre erbärmliche Fresse. Ein Lächeln umspielte seine Lippen, es wäre das erste Mal, dass es ihm gelingen würde, sie zu besiegen. Alleine ihr Gesicht zu sehen, wenn sie sah, dass er seit heute Morgen keinen weiteren Tropfen Urin oder Kaviar in den Eimer befördert hatte, ließ sein Herz ein wenig höher schlagen. Dieses Mal würde er seine Mutter besiegen, auch wenn es sich dabei lediglich um den Gang zur Toilette handelte. Viktor hob die Sense und ließ sie durchs Feld sausen, worauf weiterer Korn zu Boden segelte. Er hatte inzwischen gut zwei Drittel des Feldes abgeerntet, als sich ein bestialischer Krampf in seinem Darm ausbreitete, der bis hinauf in seine Bauchgegend zog. Viktor biss die Zähne zusammen und verzog das Gesicht zu einer eigentümlichen Grimasse, während ein kleiner Tropfen Urin in seine Hose lief. Er presste die Beine zusammen, wodurch es ihm abermals gelang, das Verlangen seines Körpers zu lindern. Tänzelnd bahnte sich der Junge weiter seinen Weg durch das Feld. Halm für Halm riss er den Roggen die Köpfe von den Hälsen. An seinen Händen bildeten sich pochende Schwielen, die ihn fast in den Wahnsinn trieben. Sein Rücken fühlte sich an, als ob er drei Tage lang auf einer Streckbank gelegen hätte. Viktors Bewegungen wurden immer energischer und er kam sich wie eine betrunkene Ballett-Tänzerin vor. Viktor versuchte, die Schmerzen zu ignorieren, es war fast geschafft, er musste noch dieses Stückchen abmähen, die Ähren zusammen suchen und in einen Eimer befördern. Dann würde er ins Bad stürmen, sein Verlangen befriedigen, etwas zu Abend Essen und ins Bett fallen. Das hieß, falls er überhaupt etwas zu beißen bekam? Er kannte seine Mutter lange genug, und er konnte sich gut vorstellen, dass sie ihm zur Strafe auch noch das Abendessen verweigerte. Als es anfing zu dämmern, hatte Viktor den größten Teil seiner Arbeit erledigt. Er musste nur noch die Halme zusammen harken und in den Keller bringen. Kalter Schweiß klebte an seinem Körper, während eine dünne Staubschicht seine Hose bedeckte. Seine einst weißen Turnschuhe glichen zwei ausgelatschten Tretern, die seit Jahren keinen Putzlappen mehr gesehen hatten. Ein weiterer Krampf durchzog seine Bauchgegend. Der Krampf war so schmerzhaft, dass Viktor befürchtete, sein Darm würde zwei Teile gerissen. Viktor presste die Lippen zusammen und verzog das Gesicht zu einer eigentümlichen Grimasse. Er ließ die Sense fallen und torkelte, so schnell ihn seine müden Beine trugen zum Schuppen. Er wusste, wenn er seine Notdurft jetzt noch länger zurückhielt, würde die Bescherung in die Hose gehen und er wollte sich gar nicht erst ausmalen, was diese

Fotze von einer Mutter dann mit ihm anstellen würde. Die ganze Umgebung schien sich vor seinen Augen zu drehen, seine Beine fühlten sich an, als wären sie mit Blei gefüllt. Als Viktor die Tür zum Schweinestall aufstieß, schlug ihm der Geruch von Urin und Scheiße entgegen. Er presste eine Hand auf Mund und Nase, um den Gestank Einhalt zu gebieten. Die Schweine ließen ihr Grunzen erklingen, als Viktor den Stall betrat. Ein Dutzend Fliegen surrten über sein WC herum, um sich an seinen Ausscheidungen zu laben.

In der Nacht träumte Viktor, dass er sich wieder auf dem Feld befand, der Mond stand wie ein dämonischer Wächter am Himmel. Die Bäume glichen unheilvollen Wesen aus einer anderen Welt, die ihn zu beobachten schienen. Ein geheimnisvoller Nebel umschlang seine Füße, wie die Tentakeln eines riesigen Tintenfisches. Nur mit seinem Pyjama bekleidet, schritt er langsam über den staubigen Boden, wobei die Bäume jeden seiner Schritte zu beobachten schienen. Ihre Äste glichen überdimensionalen Fangarmen, die bei jeder Bewegung ächzten und knarzten. Mit pochendem Herzen schritt

Viktor weiter, kalter Schweiß stand ihm auf der Stirn und eisiger Wind fuhr ihm in die Glieder. Dutzende von Krähen saßen auf den Zweigen und schienen seine Bewegungen studieren. Ein Schrei drang an Viktors Ohren, aber er konnte nicht verstehen, was dieser Ruf zu bedeuten hatte. Eine schwarze Wolke verdeckte den Mond, begleitet von einem Donnerschlag, der die ganze Erde zu erzittern schien. Ein Blitz zuckte vom Himmel herab und tauchte das Feld in weißes Licht. Trotz des sich verdichtenden Nebels konnte Viktor deutlich die Umrisse einer Gestalt erkennen, die sich gut zehn Meter von ihm entfernt befand. Um wen oder was es sich bei diesem Wesen handelte, konnte er jedoch nicht ausmachen. Schritt für Schritt näherte sich der Junge dem Wesen. Sein Atem rasselte, seine Beine fühlten sich an, als wären sie mit Blei gefüllt. Es war fast so, als ob er nicht mehr Herr seines Körpers war. Eine innere Stimme sagte ihm, dass er verschwinden sollte, dass er ins Haus zurück kehren sollte. Sie teilte ihm mit, dass das Ungeheuer gekommen war, um ihn zu holen. Dass es nur darauf wartete, dass er in seine Nähe kam. Mit einem Mal glaubte Viktor, dass das Ungeheuer jede Sekunde aus dem Nebelschwaden hervor sprang, um ihn bei lebendigem Leib zu verspeisen. Der Geruch von verwesendem Fleisch erfüllte die Luft und Viktor glaubte, jeden Augenblick in Ohnmacht zu fallen. Er bildete sich ein, dass das Wesen ihn bei seinem Namen rief. Seine Stimme hatte Ähnlichkeit mit der seiner Mutter, doch trotzdem klang sie irgendwie anders, sie klang, als wäre sie mit Erde, Schlamm oder Ähnlichem gefüllt. Schritt für Schritt näherte sich Viktor der Stimme, inzwischen konnte er deutlich vier rot leuchtende Augen erkennen, die ihn wie einen Leckerbissen fixierten. Das Herz schlug ihm bis zum Halse, während er sich vorsichtig dem Wesen näherte. Jeder seiner Schritte wurde einem unheilvollen Knacken begleitet, es hörte sich an wie Knochen, die unter seinem Gewicht zu Staub zerfielen.

„Komm her Viktor.", sagte die Gestalt, „Komm näher, dann bekommst du auch eine Belohnung, zwing mich nicht zu dir zu kommen um dich zu holen, ich warte auf dich."

Viktor war davon überzeugt ein dämonisches Lachen zu hören, während er sich dem

Ungeheuer näherte. Dann wurde es still, windstill. Dem Jungen kam es fast so vor, ob die Zeit aufgehört hatte zu existieren, kein Laut war zu hören, nicht mal das Rauschen der Bäume oder auch nur ein winziger Lufthauch. Das Geräusch unter seinen Füßen war verstummt. Die Bäume glichen leblosen Erscheinungen, als kämen sie von einem anderen Planeten. Viktor hatte sich dem Ding auf gut dreißig Schritte genähert, als es ein es Lachen erklingen ließ, bei dem sich seine Nackenhaare aufrichteten. Ein Blitz fuhr vom Himmel herab und schlug in einem der Bäume ein. Begleitet von einem Donnerschlag, der den Jungen erzittern ließ. Sekunden später, war der Baum von lodernden Flammen umgeben. Begleitet vom Kreischen der Krähen, die wild durch die Nacht schwirrten. Der Gestank vom verkohlten Holz und verbranntem Fleisch erfüllte die Luft und ließ Viktor vergessen, warum er hier her gekommen war. Ein Lachen drang an seine Ohren und machte ihm auf schreckliche Weise bewusst, aus welchem Grund er sich an diesem Ort begeben hatte. Viktor versuchte zu fliehen, aber er konnte nicht. Die geheimnisvolle Macht hatte wieder

Besitz von ihm ergriffen, sodass sich seine Beine langsam dem Wesen näherten. Der Verwesungsgeruch war stärker geworden, Viktor schlug eine Hand vor Mund und Nase, um den Gestank Einhalt zu bieten. Er war davon überzeugt, dass er jeden Augenblick in Ohnmacht fallen würde, wenn sich der Geruch nicht bald auflöste. Sein Magen zog sich zusammen. Viktor begann zu würgen. Als Viktor das Wesen erreicht hatte, blieb er wie angewurzelt stehen. Vor ihm stand seine Mutter, aber wie war das Möglich? Sie lag doch in ihrem Bett und schlief oder etwa nicht? Doch irgendetwas stimmte mit seiner Mutter nicht, sie wankte auf ihn zu wie eine Betrunkene, ihre Finger waren spindeldürr und ihr Körper schien von innen heraus zu vermodern. Auf ihrem Körper krochen Dutzende von Ratten herum, die Stück für Stück das Fleisch von ihren Knochen rissen. Selbst im Schein des Feuers sah ihr Innerstes wie verkohlt aus. Da wo ihre Augen sein müssten, saßen schwarze Löcher, in der sich Ratten eingenistet hatten. Eine der Ratte schaute den Jungen direkt in die Augen und schien ihn wie einen kleinen Leckerbissen zu fixieren. Ihr Nachthemd hing in Fetzen an ihrem

Körper herab und glich eher einem alten Putzlappen als einem Kleidungsstück, welches man zum Schlafen gehen überzog. Ihre Wangen waren bis auf die Knochen abgenagt. Ihr ganzer Körper schien aus riesigen Kratern zu bestehen, aus denen Blut und faulendes Fleisch hervortraten. Gepackt von Ekel und Entsetzen torkelte Viktor einige Schritte zurück, stolperte über eine Baumwurzel und fiel. Ein stechender Schmerz schoss in sein Steißbein und trieb ihm Tränen in die Augen. Viktor war dabei wieder auf die Beine zu kommen, als sich eine kalte Hand um sein Genick legte. Als er sich umschaute, sah er seine Mutter, die ihn aus leeren Höhlen anblickte. Den Mund weit aufgerissen, sodass eine Reihe spitzer verfaulter Zähne zum Vorschein kamen. Viktor war sich sicher, dass dies sein Ende war. Ihre Zähne würden sich in seinen Körper bohren und ihm bei lebendigem Leib das Fleisch von den Knochen reißen. Panik stieg in seinem Innerem auf, er versuchte zu schreien, brachte aber keinen Ton heraus.

Viktor wachte schreiend und schweißgebadet auf, sein Herz hämmerte so stark in seiner Brust, dass er befürchtete einen Herzinfarkt zu bekommen. Als sich Viktor wieder unter Kontrolle hatte, kam seine Mutter hereingestürmt und schrie: „Was fällt Dir ein mitten in der Nacht so ein Theater zu machen, weißt du dass es gerade mal halb vier morgens ist?"

„Ich ich habe schlecht geträumt Mom.",antwortete Viktor, wobei er am ganzen Körper zitterte. Seine Mutter eilte zu ihm ans Bett und sagte: „Es war nur ein Traum hörst du, nichts wovor du dich fürchten musst. Und jetzt schlaf weiter."

Martha strich mit einer Hand über die Bettdecke und bemerkte, dass sie feucht war, worauf sie fragte: „Wieso ist deine Bettdecke nass? Gib mir Antwort."

Viktor rutschte das Herz in die Hose, er musste schlucken. Er hatte sich nass gemacht, aber er wollte unter keinen Umständen, dass seine Mutter davon erfuhr. Wenn sie herausfand, dass er sich übergemacht hatte, würde sie ihn garantiert dermaßen den Hintern versohlen, dass er gute drei Tage nicht würde sitzen können. Fieberhaft suchte der Junge nach einem Ausweg, der Traum war längst vergessen, es galt seine Mutter zu beschwichtigen, damit sie ihm nicht noch etwas antat.

„Na los rede schon, oder muss ich die Antwort aus dir heraus prügeln?“, fragte Martha.

„Ich, ich...“, stotterte Viktor.

„Ich was? Raus mit der Sprache ich warte.“, zischte Martha, wobei sie ihre Finger so stark zusammenpresste, dass sie knackten. Ein kalter Schauer lief über Viktors Rücken, er wusste, was diese Geste zu bedeuten hatte, es war das Anzeichen dafür, dass seine Mutter langsam die Beherrschung verlor und wenn er ihr nicht bald eine Antwort gab, würde sie ihn auf jeden Fall durchlassen. Viktor spielte mit dem Gedanken sie anzuflunkern, aber was war, wenn sie seiner Lüge auf die Schliche kam? Dann würde sie ihn nicht nur den Hintern versohlen, sondern ihn garantiert drei Tage lang sein Geschäft in diesem Kübel verrichten lassen. Allein schon der Gedanke daran, drei weitere Tage auf diese Art und Weise seine Notdurft zu verrichten, rief in ihm Brechreiz hervor.

„Ich habe geträumt Mutti, ich habe von dir geträumt. Ich habe geträumt du würdest mich umbringen. Du hast mir deine Hand um den Hals gelegt und versucht mich bei lebendigem Leib zu verspeisen.“, Tränen schossen Viktor in die Augen, als er das sagte, doch seine Mutter blickte nur kalt auf ihn herab und sagte: „Ist ja gut, hör mal zu ich werde dich nicht umbringen zumindest nicht, wenn du mir nicht bald die Wahrheit sagst.“

„Ich , ich, ich glaube ich habe bei meinem Traum ins ins Bett gemacht.“

Viktor hatte die Worte gerade ausgesprochen, da schoss Marthas Hand hervor, packte ihn an den Haaren und zog ihn aus dem Bett.

„Du kleines elendes Ferkel.", fauchte Martha, als sie ihn aus dem Bett zerrte.

„Es ist Sünde, der Teufel steckt in deinem Leib, aber ich werde ihn dir schon austreiben. Und jetzt zieh dein Bett ab und bring die Laken in den Wäschekeller. Na los beeil dich."

Die Vorstellung in den Keller müssen ließ Viktor frösteln.

„Ich ich...", stotterte Viktor.

„Ich ich was? Sieh zu dass du deine dreckige Wäsche in den Keller beförderst, oder muss ich nachhelfen?"

Der Junge schüttelte den Kopf. Als Viktor gerade eben damit angefangen hatte die Laken abzuziehen erhielt er einen Schlag in den Nacken.

„Schläfst du dabei ein oder was? Wenn du in zwei Minuten dein Bett nicht abgezogen hast, setzt es Prügel und das nicht zu knapp. „, zischte Martha.

Viktor arbeitete schneller, er wusste nicht, wovor er sich mehr fürchtete, davor, dass seine Mutter ihn den Hintern versohlen würde, oder davor in den Keller gehen zu müssen?

Das Herz schlug ihm bis zum Halse, als er das kalte Metall der Kellertür berührte. Viktor drückte die Klinke nach unten. Seine Finger hasteten über die kahlen Wände, bis sie den Lichtschalter gefunden hatten. Viktor betätigte ihn und Sekunden später flackerte die alte Glühbirne auf und tauchte die Umgebung in gleißendes Licht. Die schmutzige Wäsche eng an den Leib gepresst schritt er langsam Treppe herunter, die Stufen knarzten, als der Junge seinen rechten Fuß auf die erste Treppenstufe setzte. Eine dicke schwarze Spinne mit langen Beinen krabbelte über die weißen Wände und ließ Viktor frösteln. Es kommt, dachte er, gleich würde ein Monster aus einer dunklen Ecke hervorspringen, ihn an der Kehle packen um ihm bei lebendigem Leib die Haut abzuziehen. Er war davon überzeugt, dass sich in der Nacht das Tor zu Hölle öffnete und Dämonen die Keller der Leute betraten, um sich dort von

Spinnen und anderen Kleinstlebewesen zu ernähren. Kalter Schweiß floss ihm von der Stirn, während er sich seinen Weg bahnte. Plötzlich fiel die Tür hinter ihm ins Schloss. Die Wäsche entglitt seinen Händen und landete auf dem Boden. Die Tür ist zu, das war es, jetzt ich sitze in der Falle. Die Monster haben die Tür verschlossen und gleich werden sie aus der Dunkelheit hervorkommen und sich auf mich stürzen.

Panik stieg in dem Jungen auf, er war gefangen. Jetzt hatten die Ungeheuer leichtes Spiel. Viktor wirbelte herum und stürmte die Treppe herauf. Er glaubte Schritte, hinter sich zu hören und war sich sicher, dass die Monster Jagd auf ihn machten. Die Stufen knirschten unter seinen Füßen und er glaubte, den heißen Atem seiner Verfolger in seinem Nacken zu spüren. Ein kurzer Lufthauch strich über sein Genick, doch der Junge war davon überzeugt, dass es sich dabei um den Atem der Ewigkeit handelte. Die Stufen schienen nicht weniger, sondern mehr zu werden, es kam ihm fast so vor, als wenn die Tür mit jedem Schritt den er tat, einen weiteren Tritt hinzu bekam. Hinter sich glaubte er das grauenvolle Lachen, der Dämonen hören zu können. „Wir kriegen Dich Junge, Du sitzt in der Falle und niemand wird Dir helfen. Wir werden Dich uns schmecken lassen.", schienen sie ihm mit zu teilen. Viktor wagte es nicht sich umzudrehen, doch aus den Augenwinkeln glaubte er, die Schatten von Krallen zu sehen, die sich ihm näherten. Nach ein paar Sekunden, die ihm wie eine halbe Ewigkeit vorkamen, war es ihm gelungen, die Tür zu erreichen. Er versuchte, die Klinke zu packen, doch seine nassen Finger rutschten von dem kalten Metall ab. Wie von Sinnen hämmerte Viktor mit beiden Fäusten gegen die Tür und schrie: „Mama aufmachen, bitte mach die verdammte Tür auf!"

Sie kommen, dachte Viktor. Er war fest davon überzeugt Schritte hinter sich hören. Ein weiterer Luftzug strich seinen Nacken, aber er selbst glaubte, dass es sich dabei um Krallen handelte, die über seinen Nacken strichen. Jeden Augenblick würde sich eine Kralle um sein Genick legen und dann würden die Monster ihre rasiermesserscharfen Zähne in sein Fleisch bohren und sich ihm schmecken lassen. Er musste hier raus, und zwar schnell, sonst würde seine Mutter am nächstem Morgen nur noch seine Leiche vorfinden.

„Aufmachen, Mama, bitte öffne die Tür beeil dich.“

Viktor war den Tränen nahe, wo blieb seine Mutter? Hatte sie sein Hämmern und rufen etwa nicht vernommen?

Wollte sie, dass er hier unten krepiert? Die Erkenntnis traf ihn wie einen Schlag. Er war seiner Mutter immer ein Klotz am Bein gewesen und dass er in die Hose gemacht hatte, war für sie genau das Ereignis gewesen, um ihn ein für alle Mal loszuwerden. Die Tür öffnete sich und seine Mutter stand vor ihm. Sie schaute Viktor mit kalten Augen an, verpasste ihm eine Ohrfeige und sagte: „Was schreist du hier jetzt schon wieder herum? Hast Du die dreckige Wäsche endlich runter gebracht, sieh zu dass du dich in dein Zimmer begibst und zieh diesen ekelhaften Schlafanzug aus beeil dich.“

Viktor tat, wie seine Mutter ihm befohlen hatte, als er sich seines Schlafanzuges entledigt hatte, packte Martha ihm am Arm und zerrte ihn ins Zimmer. Erneut schossen Viktor Tränen in die Augen, „Mama es tut mir leid, ich wollte nicht ins Bett machen, es ist einfach so passiert, weil ich diesen Traum hatte. Bitte Mama tu mir nicht weh", flehte Viktor.

„Leg dich aufs Bett!", befahl Martha.

Viktor legte sich aufs Bett und hielt den Atem an. Was hatte diese Schnepfe jetzt schon wieder vor? Er sah, wie seine Mutter das Zimmer verließ, doch nur kurze Zeit später mit einer Kerze und einer Packung Streichhölzer zurückkehrte.

„Es ist der Teufel.", sagte sie, „Ich muss ihn dir austreiben, hast du etwa vergessen was mit Kindern passiert, die mit acht Jahren noch in die Hose machen?"

Viktor schüttelte den Kopf.

„Wenn Kinder mit acht Jahren noch in die Hose machen, schickt der Liebe Gott Ratten zu den Kindern, die ihnen den Schniddelwutz abbeißen. Dies kann man nur verhindern, indem man Buße tut und den Teufel der in deinem Leib steckt heraus brennt.“

Seine Mutter stellte die Kerze auf den Nachttisch und entzündete das Streichholz. Die Flamme knisterte, als sie das Zündholz an den Docht hielt. Sie packte Viktor mit der rechten Hand an die Kehle, während sie mit der anderen die Kerze ergriff und sagte: „Wenn du dich wehrst wird es nur noch schlimmer.“

Sie packte Viktor mit der rechten Hand an der Kehle, während sie mit der anderen die Kerze ergriff und sagte: „Wenn du dich wehrst wird es nur noch schlimmer, also nimm die Strafe wie ein Mann.“

Wie gebannt starrte Viktor auf die Kerze, unfähig sich zu bewegen oder auch nur einen klaren Gedanken zu fassen.

„Nein Mama bitte nicht, bitte tu mir das nicht an.", keuchte er.

Doch seine Mutter sah ihn nur mit strengen Augen und meinte: „Es muss sein, oder willst du dass heute Nacht die Ratten kommen um dir deinen Penis ab zubeißen?"

Viktor schüttelte den Kopf.

Noch drei Jahre nach diesem Erlebnis, hatte Viktor panische Angst vor Mäusen und Ratten, sobald er in der Scheune auch nur ein leises Rascheln hörte, schnürte sich ihm die Kehle zu und sein Herz begann zu rasen. Mit der Zeit hatte er angefangen, sich seinem Problem zu stellen. Er hatte sich Filme und Bücher über Ratten ausgeliehen und musste zu seiner Zufriedenheit feststellen, dass Ratten keineswegs blutrünstige Bestien waren, die kleinen Kindern ihren Penis abrissen. Am Liebsten hätte er sich ein paar Ratten als Haustiere gehalten, aber seine Mutter würde so etwas niemals erlauben, so musste er sich mit Büchern und Reportagen im Fernsehen und Internet begnügen. Manchmal war auch ein

Besuch im Dortmunder Zoo drin. Fast jede freie Minute verbrachte Viktor damit sich über die kleinen Nager zu informieren und seine Begeisterung für diese Tiere wuchs ständig. Doch mit der Zeit stieg nicht nur seine Begeisterung für diese Tiere, er merkte auch, dass etwas Seltsames in ihm vorging. Anfangs konnte er sich nicht erklären, was es war, doch eines Tages bemerkte er, dass er die Gabe besaß anderen Lebewesen seinen Willen durch reine Gedankenkraft aufzuzwingen. Er entdeckte es zufällig beim Ausmisten des Schweinestalls, als ihm eines Tages zwei schwarze Augen entgegen blitzten. Er hatte sich nur gewünscht, dass die Ratte verschwand und als ob sie seine Gedanken gelesen hatte, war sie verschwunden. Anfangs hatte Viktor noch an einen Zufall geglaubt, doch mit der Zeit häuften sich die Ereignisse, in denen Ratten genau das taten, was er von ihnen verlangte. Einmal hatte er sich gewünscht, dass sich eine Ratte einfach tot stellen sollte. Er hatte es sich nur für den Bruchteil einer Sekunde gewünscht, doch das Tier hatte genau das getan. Seit diesem Erlebnis war er davon überzeugt, dass er den Willen der Nager beeinflussen konnte, und war angefangen, seine Fähigkeiten zu trainieren. Es klappte ausgesprochen gut, so war es ihm unter anderem gelungen, im Schweinestall die Ratten zu rufen. Er hatte sich einfach hineinbegeben und sich mithilfe seiner Gedanken gewünscht, dass sie alle zu ihm kämen. Und es war geschehen. Woher er diese Gabe hatte, wusste er nicht, aber er wusste, dass er mit diesem Talent diese geizige Schnepfe von einer Mutter ein für alle Mal loswerden konnte. Doch durfte er nichts überstürzen, noch brauchte er seine Mutter und darüber hinaus musste er sich zuerst darüber Gedanken machen, wie er ihre Leiche verschwinden ließ. Wenn er sein Vorhaben in die Tat umsetzen wollte, musste er verschwinden, das wusste er, am besten zog er in eine andere Stadt. Die Nachbarn durften nichts mitbekommen und vorher musste er wissen, woher er die Fähigkeit hatte, Kleintiere seinen Willen aufzuzwingen. Der Schlüssel zu dieser Antwort war seine Mutter. Im Wohnzimmer bewahrte sie immer den Papierkram auf. In dem dunkelbraunen Bucheschrank standen eine Vielzahl von Ordnern, auf einem so meinte er sich zu erinnern, stand ein Name in großen schwarzen Buchstaben. Er würde warten, bis er allein zu Hause war, dann würde er sich auf die Suche nach einer Antwort machen. Soweit er wusste, bezeichnete man seine Fähigkeit als Hypnose. In den nächsten Wochen begann Viktor das Grundstück näher unter die Lupe zu nehmen. Der Platz unter der alten Eiche schien der Beste zu sein, er war gut mit Sträuchern und anderen Zweigen von verschiedenen Baumarten umgeben die genug Deckung boten, sodass er, wenn ich sich nicht allzu ungeschickt anstellte, ohne großes Aufsehen ein Loch graben könnte ohne, dass einer der Nachbarn etwas davon mitbekam. Sein Plan ging auf, am ersten Tag, als er Zeit fand, das Loch zu graben, schaffte er eine Tiefe von gut dreißig Zentimetern. Der kalte Wind fuhr ihm in die Glieder, doch Viktor ließ sich vom Wetter ebenso wenig beeindrucken wie von der herrischen und selbstsüchtigen Art seiner Mutter. Die Zeiten, in denen er vor ihr gekuscht hatte, waren vorbei. Mit jeder Schaufel Erde die er zu Tage förderte, wuchs in ihm die Erkenntnis, dass er richtig handelte. Seine Mutter hatte ihn an diesem Punkt gebracht und es war seine Mutter, weshalb er die

Anstrengungen und Qualen in Kauf nahm. Es war bitterkalt, seine Finger waren taub und rissig. Er fror und er glaubte, dass es nicht mehr lange dauern würde, bis erste Anzeichen von Erfrierungen an seinen Händen sichtbar wurden. Und wenn schon dann verlor er halt einen Finger, was war schon ein Finger gegen das, was seine Mutter ihm über Jahre hinweg angetan hatte? Wenn einen Finger zu verlieren der Preis dafür war, dass er seine Mutter ins Jenseits beförderte, so konnte er damit leben. Lieber einen Finger weniger, als sich weiterhin Tag für Tag von einer selbstsüchtigen Schnepfe terrorisieren zu lassen. Der Boden war hart, es bedurfte einige kräftige Schläge mit dem Spaten, um die Erde zu lockern. Die Arbeit würde ihn aufwärmen. Schweiß lief ihm von der Stirn, während er mehr und mehr Erde an die Oberfläche brachte. Ein dumpfer Schmerz breitete sich in seinem Rücken aus und Viktor glaubte, dass er, wenn er so weitermachte, bald seinen ersten Bandscheibenvorfall bekam. Aber das war ihm egal, er würde seine Mutter den Bandscheibenvorfall ebenso heimzahlen wie die ganzen anderen Grausamkeiten, die sie ihm im Lauf der Jahre angetan hatte. Sein Atem rasselte und sein Herz hämmerte, seine Hände waren weiß und taub. Erste Anzeichen von Schwielen wurden sichtbar, aber Viktor achtete auf den Protest seines Körpers ebenso wenig wie auf die eisige Kälte, die ihn umgab. Wahrscheinlich würde er sich eine Erkältung, eine Lungenentzündung oder Ähnliches einfangen, aber das wäre dann endlich die letzte Qual, die er seiner Mutter zu verdanken hatte. Wenn er ihr Grab erst einmal ausgehoben hatte, wäre der erste Teil seines Racheplanes erfüllt. Er versuchte sich vorstellen, wie seine Mutter wohl reagieren würde, wenn sie sah, dass ihre Macht über ihn gebrochen war. Wenn sie mitbekam, dass sich Ratten an ihrem Fleisch gütig taten. Die Vorfreude auf dieses Ereignis ließ ihn neue Kraft schöpfen, sodass er schneller vorankam, als er es selbst für möglich gehalten hätte.

Fast eine Woche brauchte Viktor, um das Loch auszuheben. Manchmal hatte ihn die Arbeit an den Rand der Verzweiflung getrieben. Seine Mutter hatte zu seinem Glück nichts davon mitbekommen. Er ging in die Küche und setzte sich an den Eichentisch. Sein Blick schweifte zur Uhr, es war kurz vor sechs. Jede Minute würde seine Mutter von der Arbeit nach Hause kommen. Schon vor zwei Wochen war er in seine neue Wohnung gezogen, die Arbeit bei Hörde machte ihm Spaß, er hatte sich alles selbst besorgt, die Möbel und einen kleinen schwarzen Mini Cooper. Heute so hatte er seiner Mutter mitgeteilt, würde er die letzten Sachen abholen. In Wirklichkeit hatte er bereits vor zwei Wochen alle Sachen aus ihrer Wohnung geschafft. Viktor holte seine Zigarettenschachtel aus der Hosentasche und fischte eine zerknitterte Camel hervor. Er nahm einen Teller aus dem Wandschrank, um ihn als Aschenbecher zu benutzen, und stellte ihn auf den Tisch. Vor zwei Wochen hatte er mit dem Rauchen angefangen und er selbst redete sich wie auch alle anderen Raucher ein, dass er jederzeit wieder aufhören könnte. Er hatte keinen Grund zu klagen, doch sein Hass auf Frauen war in den vergangenen Wochen gestiegen, wenn er diese aufgetakelten Schlampen sah, die sich wie die Queen Englands aufführten und so taten, als wenn sich die ganze Welt nur um sie drehen müsste, so hatte er Lust diesen Miststücken, die Kehle umzudrehen. Tag für Tag musste er sich mehr zusammenreißen, um nicht die Kontrolle zu verlieren. In allen von ihnen sah er etwas von seiner Mutter. Sie waren selbstsüchtige herrische Geschöpfe, die erst zufrieden waren, wenn sie alles, was ihre Ehemänner erwirtschaftet hatten, auf den Kopf hauen konnten. Er vernahm das Klippern eines Schlüssels. Viktor erhob sich, ging an die Schublade und nahm ein langes scharfes Fleischermesser heraus. Er schlich an die Tür und öffnete sie einen Spalt breit. Er sah, wie seine Mutter die Haustür aufschloss und in den Flur trat. Sie rümpfte die Nase, zog prüfend die Luft ein, und entledigte sich ihres Mantels. Auf Zehenspitzen schlich Viktor zu ihr hinüber. Sie hatten ihn noch nicht bemerkt, obwohl sie garantiert den Zigarettenqualm gerochen hatte. Mit einer einzig schnellen Bewegung, umfasste er ihren Oberkörper, setzte ihr das Messer an die Kehle und sagte:"Hier bin ich Mutti, hat es mich schon vermisst? Wenn es auch nur einen Ton von sich gibt, so garantiere ich ihm, wird es die Sonne nie wieder aufgehen sehen. Und jetzt legt es seine Hände auf den Rücken."

Die Entschlossenheit in seiner Stimme überraschte Martha. Was hatte sie bloß falsch gemacht? Sie war doch immer eine gute Mutter gewesen oder? Gut vielleicht war sie manchmal etwas zu streng mit ihm gewesen, aber Strenge hatte noch nie jemandem geschadet. Ihre Eltern waren mit ihr auch nicht besonders feinfühlig umgegangen, aber deswegen hatte sie sie trotzdem nicht als Geisel genommen. Was war mit ihrem Jungen geschehen? Sollte sie sich widersetzen? Aber was war, wenn er es ernst meinte? War er wirklich fähig, seine eigene Mutter zu töten? Martha erschauerte, als sie das Klicken der Handschellen vernahm, die sich um ihre Gelenke schlossen.

„Viktor wenn du ein Problem hast….", begann Martha.

Sie hatte die Worte gerade ausgesprochen, da steckte er ihr ein Taschentuch in den Mund, worauf er ihr den Mund mit Klebeband verschloss. Viktor rückte einen Stuhl zurecht und setzte sich.

„So…“, begann er, „Jetzt werden wir uns ein wenig unterhalten und dieses Mal wird es mir zuhören, verstanden?“

Martha nickte.

„Weißt es überhaupt, dass es mich um die wichtigsten Jahre meines Lebens gebracht hat? Dass es mir meine Kindheit gestohlen hat und dass ich damals panische Angst vor Ihm hatte.“

Martha nickte.

„Manchmal frage ich mich ob es mich jemals geliebt hat? Warum hat es mich nicht abgetrieben oder ins Heim gesteckt? Lass mich raten, weil es das Kindergeld haben wollte ist es nicht so? Es hat doch sein gesamten Leben nur an sich gedacht, an sich und seine gottverdammten Luxusartikel. Es hätte mich zwar nicht sterben lassen, obwohl es Ihm sehr gelegen gekommen wäre. Aber nein, dann wäre das Kindergeld vom Amt weggefallen, oder der Unterhalt von meinem Erzeuger habe ich recht?“

Martha nickte.

Seine Mutter nickte.

„Hat es überhaupt eine Vorstellung davon, wie oft ich mich in den Schlaf geweint habe? Wie oft ich mir gewünscht habe, eine Mutter zu haben, die mich wirklich liebt? Weiß es überhaupt wie oft ich mit dem Gedanken gespielt habe abzuhauen, weil es mir wieder mal heißen Wachs über den Körper geschüttet hat? Hat es sich auch nur einziges Mal Gedanken darüber gemacht, wie es mir geht oder wie ich mich fühle?“

Sie schüttelte den Kopf.

Sie konnte es kaum fassen, ihr eigener Sohn sprach sie mit es an, als ob sie ein Gegenstand oder eine Außerirdische wäre. Seine Stimme war kalt wie ein Eisblock, während seine Augen vor Hass glühten. Als sie in sein Gesicht sah, war sie sich sicher, dass er sie töten wollte. Sie hatte schon viel erlebt, aber noch nie hatte sie Augen gesehen, die sie mit so viel Abscheu betrachteten. Ihr Blick fiel auf die Tür, sie war nur ein paar Schritte entfernt und wenn sie schnell handelte, würde es ihr vielleicht gelingen, zu entkommen. Doch wahrscheinlich wartete er nur darauf, dass sie einen Fluchtversuch unternahm, und dann würde er sie auf jeden Fall umbringen. Doch wenn sie mitspielte, bestand wenigstens noch Möglichkeit, dass sie nur mit einem Schrecken davon kam.

Viktor erhob sich, ging auf sie zu und sagte: „Ich habe eine Überraschung für das Es, ich werde dem Es den ewigen Frieden schenken. Und nun wird es sich erheben und mit mir kommen.“

Viktor führt seine Mutter nach draußen, wobei er ihren Oberkörper mit einem Arm umfasste, während er ihr mit der rechten Hand das Messer an die Kehle hielt. Ein eisiger Windhauch fuhr ihr in die Glieder und ließ sie frösteln. Sie blickte nach oben, es war ein sternenklarer Abend, nicht mal eine einzige kleine Wolke stand am Himmel. Was wollte er hier? Warum hatte er sie hier her geführt, zwischen Bäumen und Sträuchern? Sie wurde zu Boden geworfen, und seine Hände griffen nach ihren Beinen. Martha versuchte, sich zu wehren, doch aus seinem Griff gab es kein Entkommen. Sie vernahm ein Reißen, es hörte sich an, als ob sich ein Stück Klebeband von einer Rolle löste. Das Klebeband schlang sich um ihre Knöchel. Martha hielt den Atem an, während sie ihren Sohn nicht aus den Augen ließ. Wage konnte sie seine Umrisse erkennen, er stand einfach nur da und sie glaubte, ihn atmen zu hören. Es wurde es still, es war so still, dass man eine Stecknadel hätte fallen hören können. Martha konnte nicht einmal einen winzigen Lufthauch spüren. Sie begann zu lauschen, doch sie konnte nichts hören, nicht einmal das Rascheln der Blätter oder das Singen eines Vogels oder das Zirpen einer Grille. Was ging hier vor? Sie hatte in ihrem Leben einiges erlebt, aber noch nie war ihr so eine gespenstische Situation untergekommen? Wie war es möglich, dass der Wind aufgehört hatte, um ihre Beine zu streicheln, und warum war es so ruhig geworden? Es schien fast so, als ob ihr Sohn die Zeit für sie angehalten hätte. War das wirklich möglich? Seit wann konnte ein Mensch die Zeit anhalten? Besaß er übermenschliche Fähigkeiten, von denen sie nichts wusste? Und wenn dem so war, warum hatte sie in all den Jahren nichts davon gemerkt? Sie hätte es doch mitkriegen müssen oder? Sie versuchte sich, einzureden, dass sie sich das alles nur einbildete, doch tief in ihrem Innerem wusste sie, dass dem nicht so war. Viktor drehe sich um, trotz der Finsternis, konnte Martha seine Silhouette erkennen. Er beobachtete sie, Martha konnte seine Blicke spüren. Wie sie über ihren Körper wanderten, und sie war sich sicher, dass er sich an ihrer Hilflosigkeit labte. Er genoss es. Viktor nahm eine Taschenlampe aus der Hosentasche und schaltete sie ein. Das Licht fiel auf ihr Gesicht und eine kaltblütige Vorfreude überkam ihn.

„Das Es wird dem Licht der Taschenlampe folgen, dann wird es sehen, was für eine Überraschung ich für das Es vorbereitet habe. Sie wird dem Es gefallen."

Der Lichtkegel fiel auf einen großen Haufen Erde und glitt nach links ab, wo sich ein rechteckiges Loch befand. Martha erschauerte als sie das Loch sah, es sah aus wie ein Grab. Das war falsch, es war ein Grab, ihr Grab. Wann hatte er das Loch gegraben? Es hätte ihr doch auffallen müssen, obwohl sie zugeben musste, dass der er den Platz günstig gewählt hatte. Wollte er sie in diesem Loch verscharren? Sie hatte zwar bereits gewusst, dass er sie hasste, aber nie hätte sie damit gerechnet, dass er so weit gehen würde. Jetzt war sie sicher, dass er sie töten wollte. Sonst wäre die Arbeit für ihn umsonst gewesen. Martha vernahm ein eigenartiges Geräusch, es schien aus dem Unterholz zu kommen. Und es kam näher, sie konnte es deutlich hören, etwas bewegte sich auf sie zu. Sie vernahm weitere Geräusche, was auch immer auf sie zukam, kam nun nicht nur aus dem Unterholz, es schien von überall herzukommen. Sie spürte etwas Weiches auf ihrer Haut, es schien nicht sehr groß zu sein, aber es konnte klettern. Es hatte Pfoten und es war haarig. Schon bald merkte sie, dass weitere Pfoten auf ihren Körper kletterten, sie wusste nicht genau wie viel oder was für Tiere es waren, aber es gefiel ihr nicht, ganz und gar nicht. Sie wälzte sich herum, sie vernahm das Knacken von Knochen und spürte, das schleimige Substanzen auf ihrer Kleidung haften blieben. Blanke Panik überkam sie. Sie rollte sich nach rechts und wieder nach links. Doch mit Entsetzen musste sie feststellen, dass immer mehr Tiere auf sie zu kamen. Sie hörte ihr Nagen und sie wusste, dass diese Tiere es nicht auf ihre Kleidung abgesehen hatten. Ein stechender Schmerz fuhr ihr in den Oberschenkel, worauf sie auf ihren Knebel biss. Sie werden Dich fressen, die Tiere sind gekommen um dich bei lebendigem Leib verspeisen. , dachte Martha. Sie versuchte, sich aufzusetzen, wurde aber wieder zu Boden gezwungen, als sie merkte, dass sich kleine Zähne in ihren Bauch bohrten.

Viktor schaute auf die Uhr, es war 17:30 Uhr, war er so lange in seinen Erinnerungen versunken gewesen? Die Polizei hatte die Leiche nie gefunden. Seine Mutter war als vermisst gemeldet worden, aber die Beamten hatten keinen Hinweis auf ein Gewaltverbrechen finden können. Wochen lang hatten Sie die Umgebung abgesucht, aber keiner von ihnen war auf die Idee gekommen sich auch mal im Garten um zusehen, sonst hätten sie seine Mutter bestimmt gefunden. Er hatte genug Erinnerungen nachgehangen, es war an der Zeit das Video in den Briefkasten zu werfen, damit sein Spiel offiziell beginnen konnte.

Kapitel 4
In der Gerichtsmedizin

Herr Baumann war auf den Weg zum Büro seines Vorgesetzten, um seinen Bericht, über die in der Kanalisation vorgefundene Frauenleiche abzugeben, als Frau Mey ihn über den Weg lief und sagte:"Herr Baumann, die Gerichtsmedizin ist mit der Obduktion fertig, wir können sofort hin."

„Ist gut, ich möchte nur kurz meinen Bericht abgeben."

Frau Mey trat ins Freie, kalte Novemberluft stieg ihr in die Glieder, als sie die Tür zu seinem Wagen öffnete und einstieg. Sie schaltete das Radio ein und aus den Boxen dröhnte Heintje mit seinem Lied Hichy Bumbaychi. Sie schaltete auf einen anderen Sender, sie konnte nicht verstehen, wie die Menschen bereits im November anfingen Weihnachtslieder zu hören und Schokoladennikoläuse zu verkaufen. Das Bild der Frau hatte sich in ihren Kopf gebrannt. In ihren elf Dienstjahren hatte sie manches erlebt, aber noch nie hatte sie eine Leiche so verstümmelt vorgefunden, wie diese Frau in der Kanalisation. Was war das für ein kranker Mensch, wenn er so weit ging, sein Opfer nackt in der Kanalisation zurückzulassen? Eines war sicher, der Täter kannte sich dort unten aus. Wahrscheinlich war er ein Kanalarbeiter, denn nicht jeder konnte mal eben in die Kanalisation steigen und anschließend mir nichts dir nichts verschwinden. Die Gefahr sich dort unten zu verlaufen war für einen Laien zu groß. Es war wahrscheinlich jemand, der entweder bereits für die Firma ARS arbeitete, oder aber dort gearbeitet hatte. Doch bei der Überprüfung der Mitarbeiter war ihr nichts aufgefallen. Jeder der Mitarbeiter hatte ein wasserdichtes Alibi und die Überprüfung ehemaliger Mitarbeiter war noch nicht abgeschlossen. Sie und ihr Kollege würden diesen Fall aufklären. Sie hatte zwar schon so manchen Fall nicht aufklären können, aber dieses Verbrechen musste gesühnt werden, koste es, was es wolle.

Herr Baumann trat ins Freie. Selbst nach so vielen Jahren bewunderte sie ihn immer noch. Sie hatte manches vom ihm gelernt, sein Instinkt und die Art, wie er Verhöre zu führen pflegte, war einmalig. Wenn Herr Baumann überzeugt war, einen Täter entlarvt zu haben, ließ er nicht eher locker, bis er ihn überführen oder entlasten konnte. Er war nur sehr schwer, aus der Fassung zu bringen, und sie war stolz darauf, mit ihm zusammenzuarbeiten. Seine Erfolgsquote war beachtenswert, rund 98 Prozent aller Fälle, in denen er ermittelt hatte hatte er aufklärt. Das waren fast drei Prozent mehr, als bei allen anderen diensthabenden Beamten in ihrer Abteilung. Als Herr Baumann beim Wagen angekommen war fragte sie: „Glauben Sie, dass wir den Täter schnappen werden?"

„Ich weiß es nicht, zumindest werden wir alles in unserer Macht stehende tun um ihn zu erwischen. Aber warten wir erst mal die Ergebnisse der Spurensicherung und der Gerichtsmedizin ab, dann sehen wir weiter."

Er startete den Wagen und fädelte sich in den Verkehr ein. Auf der Straße herrschte wenig Betrieb, da die meisten Menschen bereits auf der Arbeit waren, sodass sie nach 10 Minuten das graue rechteckige Gebäude mit seinen silbernen Flügeltüren erreichten. Herr Baumann parkte den Wagen auf dem Parkplatz vor dem Gebäude und stieg aus. Als die Beamten den Eingangsbereich betraten, wurden sie von einer Dame mit blonden Haaren empfangen. Sie trug eine weiße Bluse und darüber eine schwarze Weste. Ihr Haar hatte sie zu einer Dauerwelle frisiert.

„Guten Tag mein Name ist Heinrich Baumann, Kriminalkommissar, das hier ist meine Kollegin Frau Mey. Dr. Hoffmann hat uns gesagt, dass die Obduktion der Frauenleiche die in der Kanalisation gefunden wurde abgeschlossen ist.".

„Warten Sie bitte kurz, ich werde Dr. Hoffmann Bescheid geben."

Die Dame griff zum Telefon und wählte eine Nummer. Ein paar Sekunden später sagte sie:

„Dr. Hoffmann, hier stehen zwei Beamten der Kripo. Sie kommen wegen der Leiche, die in der Kanalisation gefunden worden ist.“

Sie wandte sich den Beamten zu und sagte:“Dr. Hoffmann erwartet Sie in Raum 308.“

„Haben Sie vielen Dank.“ , erwiderte Baumann.

Der Raum 308 lag im dritten Stock.

Herr Baumann und Frau Mey eilten die Treppe hoch und traten in einen hell erleuchteten Gang. Der Boden bestand aus roten Fliesen, während sich rechts und links von ihnen silbernen Eisentüren befanden, in denen ein kleines Guckloch angebracht war. Dies hatte den Vorteil, dass Angehörige bei der Identifizierung einer Leiche, die schon zu müffeln anfing nicht durch den beißenden Geruch, der Verwesung belästigt wurden. Als sie den Raum 308 erreichten, drückte Herr Baumann die Klinke nach unten und die Beamten traten ein. Im Innerem des Raumes stand ein silberner Seziertisch aus Metall, auf welchen die Frau aus der Kanalisation lag. Ihr Körper hatte einen gräulichen Schimmer angenommen und ihre rechte Gesichtshälfte war eingefallen. Die Schädeldecke des Opfers war mit einer Knochensäge abgetrennt worden. Das Gehirn der Frau befand sich einem gläsernen Gefäß, welches mit einer chemischen Flüssigkeit aufgefüllt worden war. Direkt über dem Opfer hing eine runde OP Leuchte und ein Monitor.

„Guten Tag, Dr. Hoffmann was haben Sie für uns?", fragte Herr Baumann.

Der Mann drehte sich um und eilte auf seine Kollegen zu.

„Guten Tag Kollegen, also die Frau ist 35 Jahre alt und wiegt 63 Kilo. Ihre Blutgruppe ist AB positiv und sie ist 1, 63m. groß. Es gibt keine Hinweise auf erbliche Krankheiten oder Ähnliches. Nach meinen Untersuchungen war die Frau absolut gesund. Sie hat nicht geraucht und wie mir scheint sehr auf ihre Ernährung und ihr Gewicht geachtet.

Wahrscheinlich war sie sehr sportlich, denn ihre Muskulatur, soweit sie noch vorhanden war, scheint gut durchtrainiert zu sein. Im Blut der Toten habe ich Überreste des Tierbetäubungsmittels Pentobarbital gefunden. Wahrscheinlich wurde sie damit betäubt. Es gibt keine Hinweise darauf, dass das Mittel über ein Getränk verabreicht worden ist. Somit besitzt der Täter mit aller Wahrscheinlichkeit ein Betäubungsgewehr. „

„Entschuldigung, sagten Sie gerade Pentobarbital?", hakte Herr Baumann nach.

„Ja warum?", antwortete Dr. Hoffmann.

„Vor zwei Wochen wurde in der Tierarztpraxis Am Hohem Wall eingebrochen und 20 Flaschen Pentobarbital gestohlen.", antwortete der Kommissar.

Frau Mey kannte den Fall, sie hatte in der Zeitung davon gelesen. Sie hatte sich damals gefragt, warum jemand in eine Tierarztpraxis einbrach und ein Tierbetäubungsmittel mitgehen ließ. Doch jetzt war ihr die Sache klar. Und schon als der Täter in die Tierklinik eingestiegen war, hatte er keine Fingerabdrücke hinterlassen.

„Gut dann werde wir uns gleich den Bericht und die Ergebnisse des Einbruchs von unseren Kollegen geben lassen, vielleicht besteht darin ja ein Zusammenhang, außerdem müssen wir Mitarbeiter der Tierarztpraxis noch einmal verhören.", sagte Herr Baumann.

„Also wurde Sie entführt und anschließend umgebracht." , ergänzte Frau Mey. Sie stellte sich vor, wie sie selbst reagieren würde, wenn einer ihrer Angehörigen hier auf dem Seziertisch liegen sollte. Was mussten die Angehörigen dieser Frau für Qualen erdulden, da sie seit Tagen kein Lebenszeichen mehr von ihr erhielten? Wieder einmal stellte sie sich Frage, wie sie selbst reagieren würde, wenn es einer ihrer Angehörigen oder Bekannten wäre, der vermisst wurde. Die seelischen Qualen die der Täter nicht nur seinem Opfer, sondern auch den Angehörigen antat, waren selbst durch eine lebenslange Gefängnisstrafe nicht auszugleichen. Warum tat sie sich das überhaupt noch an? Warum nahm sie nicht ihre Sachen und schmiss alles hin? Alles wofür sie ein Leben lang gekämpft hatte, wurde doch ehr nur wieder in Scheiße verwandelt. Die Verbrechensstatistik war in den vergangenen Jahren nicht gesunken, sondern gestiegen, insbesondere bei Gewaltverbrechen wie diesem hier. Die Antwort kam so unverhofft aus ihrem Innerem, dass sie zusammenzuckte. Weil Du es den Angehörigen schuldig bist. Weil wenn Du es nicht tust, sie wahrscheinlich Selbstjustiz verüben würden und weil dann noch mehr Morde passieren würden als ohne hin schon.

„Richtig, das Opfer ist seit gut 72 Stunden tot. Ich gehe davon aus, dass der Tod vor drei Tagen zwischen 1 und 2 Uhr Nachts eingetreten ist. Sie ist langsam verblutet.“

„Soll das heißen, dass die Frau noch gelebt hat, als die Ratten sie angeknabbert haben?“, fragte Heinrich.

„Davon gehe ich aus, es gibt keine Hinweise auf eine Gewalteinwirkung von außen. Ich habe weder Gift noch eine Kugel finden können. Auch keine Stich oder Schnittwunden, die den Tod der Frau herbeigeführt haben könnten.

„Was ist mit Erstickungstod?", fragte Frau Mey.

„Auch darauf gibt es keine Hinweise, die Atemwege der Frau waren frei und nicht verengt. Es befinden sich auch keine schädlichen Chemikalien wie Kohlenmonoxid oder ähnliches in ihrem Blut. Es gibt keine Stauunsgblutungen hinter den Augen. Auch ein Sexualdelikt ist ausgeschlossen, da ich keine Spermaspuren oder Verletzungen im Intimbereich finden konnte.", fuhr Dr. Hoffmann fort.

„Was ist mit der Rekonstruktion ihres Gesichtes?", fragte Herr Baumann.

„Wir arbeiten dran, ich gebe Ihnen Bescheid sobald wir fertig sind.“, erwiderte Dr. Hoffmann.

Kapitel 5

Ergebnisse

Die Frau hat noch gelebt, als die Ratten sie angeknabbert haben. Dieser Satz hatte sich tief in ihren Kopf gebrannt. Wie war es möglich, dass Ratten eine Frau bei lebendigem Leib auffraßen? So weit sie wusste waren Ratten Fluchttiere und keine Tiere, die mal eben einen Menschen angriffen. Sie wusste zwar, dass es Ausnahmen gab, bspw. wenn sich Ratten bedroht fühlten, aber niemals fraßen diese hochintelligenten Nager einen Menschen geradezu auf. Selbst dann nicht wenn sie sich wirklich in Gefahr befanden. Waren die Ratten aus einem Versuchslabor entwendet worden? War der Täter in so ein Labor eingedrungen und hatte die Tiere entwendet? Frau Mey kam das Logisch vor, denn eine andere Erklärung für das Verhalten der Tiere am Tatort gab es nicht. Oder hatte der Täter die Ratten selbst gezüchtet und ihnen irgendein Gen gespritzt, damit sie die Frau angriffen? Wenn das der Fall war, würde die Spurensicherung etwas finden. Etwas dass sie vielleicht auf die richtige Fährte brachte. Die Überprüfung der ehemaligen Mitarbeiter bei ARS, hatte nichts ergeben, da die ausgeschiedenen Männer und Frauen entweder nicht mehr in Dortmund lebten, oder nicht die körperlichen Fähigkeiten besaßen, um eine Frau dort hinunter zu bringen. Sie schlug die Akte zum Einbruch in die Tierarztklinik auf. In dem Artikel hieß es, dass am 01.11.2011 die Tür mit einem Stemmeisen aufgebrochen worden ist. Der Täter hatte Schubladen und Schränke aufgebrochen und etliche Berichte, Tabletten und andere Medikamente lagen kreuz und quer am Boden. Das Einzige, was fehlte, waren 20 Flaschen Pentobarbital. Frau Mey blätterte weiter, die Tierarzthelferin hatte ausgesagt, gegen 7:30 Uhr an der Praxis angekommen zu sein. Sie hatte sich gewundert, dass die Tür nicht abgeschlossen war, obwohl sie die Tür nach Feierabend immer abschlossen. Sie hatte jedoch vermutet, dass Frau Dr. Seehofer in Eile gewesen war, und aus diesem Grund vergessen hatte, die Tür abzuschließen. Frau Mey setzte sich an ihren Schreibtisch und rief die Seite von Google auf. Sie gab die Worte Ratten, die Menschen zerfleischen in das Suchfeld ein. Sie brauchte nicht lange zu suchen, da fand sie einen Artikel, in dem hieß: Abgase machen Ratten aggressiv. Frau Mey flog über den Artikel, war das des Rätsels Lösung? Waren die Nager durch Autoabgase soweit gebracht worden, dass sie aufgrund des Geruches das Opfer angegriffen hatten? Eine weitere Frage kreiste in ihrem Kopf, was war mit den Kleidern der Frau passiert? Sie hatten die gesamte Umgebung abgesucht, aber weder in der Kanalisation noch in unmittelbarer Nähe waren Kleidungsstücke gefunden worden. Selbst mithilfe ihrer vierbeinigen Kollegen war nichts nicht mal ein Fetzen Stoff gefunden worden. Der Täter war vorsichtig und er war ein Profi. Er wusste genau, was er tat. Der Mord war gut geplant gewesen. Der oder die Täter, hatten es verstanden, seine Spuren zu verwischen. Auch das niemanden in der Umgebung etwas aufgefallen war, war ein Hinweis dafür, dass sie es mit einem Profi zu tun hatten. Vielleicht hatte der Täter schon früher jemanden ermordet und ihnen war damals etwas entgangen? Doch so weit sie sich erinnern konnte, hatte es ein ähnliches Verbrechen noch nie gegeben. Die Bürotür öffnete sich und ihr Kollege trat ein. „Guten Tag Frau Kollegin, ich habe hier den Bericht der Spurensicherung.“, sagte Herr Baumann.

„Wird aber auch Zeit, hoffentlich haben die etwas womit wir arbeiten können."

„Die Haare, die wir am Tatort gefunden haben, stammen definitiv von einem Mann mit schwarzen kurzen Haaren. Und die Faserspuren von einem schwarzen Rollkragenpullover der Firma H & M. Bei den weiteren Haaren handelt es sich um die Haare von Wanderratten, darunter 20 Männchen und 15 Weibchen. Wanderratten sind weit verbreitet und leben unter anderem auch in der Kanalisation. Das Mittel Pentobarbital ist nicht so einfach, zu beschaffen, da es heute überwiegend zum Einschläfern von Tieren verwendet wird. Ab und zu wird es aber auch in geringer Dosis bei epileptischen Anfällen eingesetzt. „

Hat man im Blut der Ratten irgendwas gefunden, z. B. Autoabgase oder ähnliches?"

„Nein, warum?"

„Weil ich einen Artikel gelesen habe, indem es hieß, dass Autoabgase Ratten aggressiv machen können und ich dachte das wäre vielleicht ein Anhaltspunkt an dem wir ansetzen könnten."

„Nein davon ist im Bericht der Spurensicherung nichts zu finden. Aber den Handschellen wurden winzige Hautpartikel gefunden, die nur von einer weiteren Person stammen können. Bei den Faserspuren die wir finden konnten handelt es sich um einen schwarzen Pullover aus reiner Baumwolle. Außerdem hattest Du recht mit Deiner Vermutung, die Haare die wir in der Kanalisation gefunden haben, sind die selben Haare, die auch beim Einbruch in die Tierarztpraxis gefunden worden sind. Und wir haben noch etwas."

„Mach es nicht so spannend."

„Einige Anwohner die in der Umgebung der Tierarztpraxis wohnen haben am Tag des Einbruchs einen großen schwarzen 5er BMW Touring mit getönten Scheiben gesehen. Leider konnte sich niemand an das Nummernschild erinnern."

Kapitel 6

Auf der Jagd

Viktor fuhr in seinem schwarzen BMW in einer sternenklaren Nacht den Westenhellweg entlang. Vorbei an dunklen Häusern und Geschäften, die verlassen waren. Graue Straßenlaternen warfen gleißendes Licht auf die Fahrbahn, doch gelang es, ihnen kaum die Umgebung auszuleuchten. Viktor warf einen Blick zum Himmel, schwarze Wolken zogen am Horizont ihre Bahnen, während ein praller Mond wie ein Relikt aus einem anderen Reich am Himmel thronte. Viktor fragte sich, wie weit die Polizei in ihren Ermittlungen war? Alles, was sie herausfinden konnten, war, mit welchem Mittel er das erste Wesen betäubt hatte und das er kurze schwarze Haare besaß. Was war das schon? Viele Männer hatten kurze schwarze Haare und auch die Spur des Betäubungsmittels würde in eine Sackgasse führen. Ob sein Präsent schon bei der Polizei angekommen war? Ein Lächeln umspielte seine Lippen. Die Beamten würden Augen machen. Mit Sicherheit stellten sie sich die Frage, wie es möglich war, dass Ratten eine Frau auffraßen? Sie ahnten nichts von seiner Fähigkeit und er war sich sicher, dass er der

Einzige war, der diese Gabe besaß. In dieser Beziehung hatte seine Kindheit doch etwas Gutes gehabt, denn wenn seine Mutter ihn nicht so mies behandelt hätte, hätte er wahrscheinlich niemals herausgefunden, dass sein Vater an einem Experiment eines neuen Medikamentes teilgenommen hatte. Soweit Viktor sich erinnern konnte, sollte es sich dabei um ein Medikament zur Bekämpfung von Magenkrebs handeln. Halluzinationen sowie hypnotische Fähigkeiten waren in dem Bericht, welchen er vor vielen Jahren im Wohnzimmerschrank gefunden hatte nur zwei der möglichen Nebenwirkungen gewesen. Laut dem Gutachten nicht ausgeschlossen, dass Teilnehmer des Experiments diese Fähigkeiten an ihre Kinder weiter vererbten. Dafür war er dieser Schnepfe echt dankbar. Wenn die Beamten in diesem Fall genauso schlampig ermittelten wie an jenem Tag als seine Mutter als vermisst gemeldet worden war, würden sie ihn niemals bekommen. Aber er würde ihnen schon helfen, wenn auch auf eine Art und Weise, die ihnen nicht gefallen sollte. Tagelang war über den Beginn seines Meisterwerks in den Medien berichtet worden. Die Boulevardpresse betitelte ihn sogar als Rattenripper, da es bei der Polizei wohl eine undichte Stelle gegeben hatte. Viktor gefiel der

Name Rattenripper, das hatte etwas von Koontz und Laymoon. Viktor parkte den Wagen vor der Friedhofsmauer und stieg aus. Er öffnete die hintere Tür seines BMWS und nahm das Teledatgewehr RW 706* sowie die dazugehörige CO² Kartusche aus dem Koffer. Das Gewehr bestand aus schwarzem Aluminium und war eine vorzügliche Waffe, sie lag leicht in der Hand und war selbst für einen Laien nach wenigen Handgriffen einfach zu bedienen. Durch das Nachtsichtvisier war ein Fehlschuss geradezu unmöglich. Viktor nahm einen Pfeil aus dem Koffer und entfernte die Sicherheitskapsel. Er steckte den Pfeil in den Lauf und trat durch das Friedhofstor. Es war absolut still, bis auf das Rascheln der Bäume, die sich im Wind hin und her bewegten. Auf einigen Gräbern standen Kerzen, die mit ihren kleinen Flammen versuchten die Finsternis zu durchdringen. Viktor schlich zwischen den Gräbern her, er war gerne hier, besonders bevor er auf die Jagd ging. Die Toten waren seine Brüder, sie waren neben den Ratten die einzigen Freunde, die er besaß. Sie hörten ihm zu, wenn es ihm nicht gut ging und sie verstanden, was er tat. Sie hielten ihn nicht wie die Polizei oder die Medien für ein Scheusal, sondern für einen Boten, der ihnen neue Spielgefährten brachte. Er konnte ihre

Stimmen in seinem Innerem hören, die Stimmen der Toten, die ihn anflehten ihr Reich, um einen weiteren Platz zu vergrößern. Es waren dieselben Stimmen, die ihm befohlen hatten, seine Mutter umzubringen, dieselben Stimmen, die ihn dazu gebracht hatten, eine Frau zu entführen und in die Kanalisation zu schaffen. Viktor schaute auf seine Uhr, es war 23:30 Uhr. Er würde nicht mehr lange hier sein, denn es galt ein weiteres Wesen zu seinen Verbündeten zu bringen. Er vernahm Schritte, aus den Augenwinkeln nahm er eine Bewegung wahr. Was war das? War das ein Mensch oder ein Tier? Viktor beschloss, der Sache nachzugehen. Geräuschlos schlich er in die Richtung, in welcher er das Lebewesen vermutete. Er brauchte nicht lange zu suchen, da sah er vor sich eine schemenhafte Gestalt. Er schlich hinter eines der Gräber und begab sich in die Hocke. Wer war diese Person und was hatte sie mitten in der Nacht auf dem Friedhof zu suchen? Viktor hob das Betäubungsgewehr und legte an. Durch das Zielfernrohr konnte er eine Frau erkennen. Sie trug kurzes dunkles Haar und einen langen hellen Mantel. Jeder Faser in seinem Innerem war bis aufs Äußerste gespannt, aber noch war sie zu weit entfernt, um einen sicheren Treffer zu landen. Er hatte nur einen Schuss, das wusste er und wenn der fehlging, würde sie entkommen. Viktor pirschte sich näher an die Frau heran. Sie hatte ihn noch nicht bemerkt und das war ihm nur recht. Wenn sie ihn entdeckte, war alles verloren. Leise bewegte er sich vorwärts, seine Beute befand sich ca. 26 Meter von ihm entfernt. Die Frau war schlank und fast könnte man meinen, sie sei das lieblichste Wesen, was auf diesem Planeten wandelte. Aber für Viktor waren das nur Äußerlichkeiten, in ihrem Innerem war sie genau so verschlagen und Macht besessen wie alle anderen. Frauen wussten die Schwäche der Männer auszunutzen und sie verstanden es ihre Reize auf gewinnbringende Art und Weise zu einzusetzen. Viktor verstand die Kerle nicht, die sich von solchen Ungetümen um den Finger wickeln ließen. Frauen machten aus Männern kleine willenlose Spielzeuge, die nichts weiter zu tun hatten, als ihnen zu gehorchen wie ein kleiner dämlicher Hund. Viktor legte das Gewehr an und begann den Druck einzustellen. Im Zielfernrohr konnte er deutlich ihren Nacken erkennen. Sein Finger krümmte sich, um den Abzug. Er begann Druck auszuüben, nur noch einen winzigen Zoll mehr, und der Pfeil würde aus dem Lauf schießen und die Frau ins Land der Träume befördern. Doch im letzten Moment ließ er den

Abzug los und das Gewehr sinken. Es befanden sich zu viele Zweige im Weg. Auch wenn er ein sicherer Schütze war, wäre ein Fehlschuss sein Verderben. Dann wäre er verraten und die Frau würde schneller das Weite suchen, als er hätte nachladen können. Er beschloss, ihr noch ein wenig näher zu kommen. Zu nah durfte er aber nicht an ihr heran, weil sie ihn sonst bemerken konnte. Er schlich vorwärts, sein Opfer befand sich nur noch 24 Meter von ihm entfernt. Sie drehte sich um. In letzter Sekunde gelang es Viktor, hinter einem Baum in Deckung zu gehen, gerade noch rechtzeitig, bevor sie ihn entdeckt hätte. Zwar bezweifelte er, dass sie ihn bei der Dunkelheit sehen konnte, aber es war besser, Vorsicht walten zu lassen. Wenn er entdeckt wurde, war sein Plan dahin und er konnte von Neuem auf die Jagd gehen. Viktor hielt den Atem an, er konnte ihr Gesicht deutlich erkennen. Hatte sie ihn bemerkt? Hatte sie mitbekommen, dass er sie verfolgte? Warum ging sie nicht weiter? Im Geiste hörte er sich rufen: „Dreh dich um du Ausgeburt der Hölle. Dreh dich um.“

Viktor erschrak, hatte er die Worte laut ausgesprochen, hatte seine Beute die Wörter

Vernommen? Schweiß stand ihm auf der Stirn, sein schwarzer Rollkragenpullover schien an den Achselhöhlen, geradezu durchnässt zu sein. Seine Finger waren schweißnass, er nahm sie vom Abzug und wischte sie sich an der Hose ab. Viktor fiel ein Stein vom Herzen, als er sah, dass sie ging. Sie hatte ihn nicht entdeckt. Es galt schnell zu sein, bevor sie außer Reichweite war. Er hob das Gewehr, durch das Zielfernrohr, konnte er deutlich ihre linke Schulter erkennen. Er drückte ab.

Kapitel 7

In der Gewalt des Killers

Marita schlug die Augen auf, wo war sie? Sie vernahm Motorengeräusche, anscheinend befand sie sich im Kofferraum eines Autos, aber sie war noch zu benommen, um das mit Gewissheit sagen zu können. Wie war sie hier hergekommen? Was war zwischen ihrem Heimweg und ihrem Erwachen passiert? Sie wusste noch, dass sie auf dem Weg nach Hause war und dass sie die Abkürzung über den Friedhof genommen hatte. Was zwischen ihrem Heimweg und ihrem Erwachen im Kofferraum passiert war, daran konnte sie sich nicht erinnern. Wie war sie in den Kofferraum gekommen? Wer hatte sie hier hineingesteckt und wo brachte man sie hin? Was hatte man mit vor? Marita schlug das Herz bis zum Halse, sie hörte Musik. Was sollte sie tun? Sollte sie versuchen, sich bemerkbar zu machen, vielleicht indem sie mit den Füßen gegen die Seitenwand des Kofferraums trat? Vielleicht wurden andere Autofahrer auf sie aufmerksam und riefen die Polizei? Auf der anderen Seite war es aber auch möglich, dass ihr Kidnapper es mitbekam, wenn sie Lärm machte und was geschah dann? Würde er sie umbringen oder vergewaltigen? Das war Schwachsinn, hätte er sie vergewaltigen wollen, hätte er das gleich auf dem Friedhof machen können. Aber warum hatte man sie sonst in den Kofferraum gesteckt? Hätte jemand sie schänden wollen, würde er mit ihr doch nicht erst durch die Weltgeschichte reisen. Es ist ein Mädchenhändler. Mit einem Mal war sie sicher, dass sie in die Hände eines Menschenfängers geraten war. Vor nicht allzu langer Zeit hatte sie einen Bericht im Fernsehen über die Machenschaften der Menschenjäger auf CNN gesehen. Im Geiste sah sie sich bereits auf den Dortmunder Straßenstrich stehen, wo sie es mit notgeilen und widerlichen Typen treiben musste bekleidet mit einem Minirock, der kaum ihren Tanga verdecken konnte. Was sollte sie tun? Sie musste hier raus, aber wie sollte sie das Anstellen? Da fiel ihr das Handy ein, welches in ihrer hinteren linken Hosentasche steckte. Wenn sie an das Handy herankam, konnte sie Hilfe rufen. Marita schob die Hände in die Tasche, kam jedoch nicht mal in seine Nähe, da sie auf den Rücken lag. Vorsichtig drehte sie sich auf die linke Seite. Sie hob das Becken an, was mit gefesselten Gliedern wesentlich anstrengender war, als wenn man sich frei bewegen konntIn der Gewalt des Killers

Marita schlug die Augen auf, wo war sie? Sie vernahm Motorengeräusche, anscheinend befand sie sich im Kofferraum eines Autos, aber sie war noch zu benommen, um das mit Gewissheit sagen zu können. Wie war sie hier hergekommen? Was war zwischen ihrem Heimweg und ihrem Erwachen passiert? Sie wusste noch, dass sie auf dem Weg nach Hause war und dass sie die Abkürzung über den Friedhof genommen hatte. Was zwischen ihrem Heimweg und ihrem Erwachen im Kofferraum passiert war, daran konnte sie sich nicht erinnern. Wie war sie in den Kofferraum gekommen? Wer hatte sie hier hineingesteckt und wo brachte man sie hin? Was hatte man mit vor? Marita schlug das Herz bis zum Halse, sie hörte Musik. Was sollte sie tun? Sollte sie versuchen, sich bemerkbar zu machen, vielleicht indem sie mit den Füßen gegen die Seitenwand des Kofferraums trat? Vielleicht wurden andere Autofahrer auf sie aufmerksam und riefen die Polizei? Auf der anderen Seite war es aber auch möglich, dass ihr Kidnapper es mitbekam, wenn sie Lärm machte und was geschah dann? Würde er sie umbringen oder vergewaltigen? Das war Schwachsinn, hätte er sie vergewaltigen wollen, hätte er das gleich auf dem Friedhof machen können. Aber warum hatte man sie sonst in den Kofferraum gesteckt? Hätte jemand sie schänden wollen, würde er mit ihr doch nicht erst durch die Weltgeschichte reisen. Es ist ein Mädchenhändler. Mit einem Mal war sie sicher, dass sie in die Hände eines Menschenfängers geraten war. Vor nicht allzu langer Zeit hatte sie einen Bericht im Fernsehen über die Machenschaften der Menschenjäger auf CNN gesehen. Im Geiste sah sie sich bereits auf den Dortmunder Straßenstrich stehen, wo sie es mit notgeilen und widerlichen Typen treiben musste bekleidet mit einem Minirock, der kaum ihren Tanga verdecken konnte. Was sollte sie tun? Sie musste hier raus, aber wie sollte sie das Anstellen? Da fiel ihr das Handy ein, welches in ihrer hinteren linken Hosentasche steckte. Wenn sie an das Handy herankam, konnte sie Hilfe rufen. Marita schob die Hände in die Tasche, kam jedoch nicht mal in seine Nähe, da sie auf den Rücken lag. Vorsichtig drehte sie sich auf die linke Seite. Sie hob das Becken an, was mit gefesselten Gliedern wesentlich anstrengender war, als wenn man sich frei bewegen konnte, und glitt mit den Händen hinein. Dann konnte sie die Spannung nicht mehr halten und sackte zu Boden. Keuchend lag Marita am Boden, wie lange waren sie seit ihrem Aufwachen unterwegs? Waren es fünf oder zehn Minuten? Sie musste sich beeilen, da sie nicht wusste, wohin die Reise führte und wenn ihr Peiniger sein Ziel erreichte, war es für einen Hilferuf zu spät. Im Kofferraum roch es nach Schweiß und Benzin. Hatte der Täter schon früher Frauen entführt? Da fiel ihr der Artikel in den Ruhrnachrichten ein. Ein bisher unbekannter Mann hatte eine Frau entführt und umgebracht. Das Opfer war in der Kanalisation gefunden worden. Soweit sie sich erinnern konnte, hatte die Polizei noch keine genauen Hinweise auf den Täter und auch über die Identität des Opfers war in den Medien nichts zu finden. War sie in die Hände dieses Scheusals geraten? Wenn das der Fall sein sollte, so war ihr Leben im Moment nicht mehr als einen Cent wert. Es war an der Zeit zu handeln, was brachte es ihr, Spekulationen anzustellen? Sie musste etwas unternehmen bevor es zu spät war. Ein weiteres Mal drehte sich Marita auf die linke Seite und versuchte, an ihr Mobiltelefon zu gelangen. Sie schob die gefesselten Hände in ihre linke Hosentasche. Ihr Atem flatterte, während ihr Mobiltelefon nach oben rutschte. Sie konnte den Gegenstand mit ihrem Mittelfinger berühren, jedoch nicht danach greifen. Sie hob die Beine ein wenig und stemmte ihre Füße mit aller Kraft gegen die gegenüberliegende Seite des Kofferraums. Ihre Finger nährten sich dem Handy. Sie konnte es mithilfe ihrer Fingernägel bereits ertasten, während sich in ihrem linken Oberschenkel ein Krampf bemerkbar machte, der sich bis in ihre Wade ausbreite. Marita biss so fest sie konnte auf den Knebel, ihre Oberschenkel begannen zu zittern, während ihr die Kräfte zu schwinden drohten. Sie durfte nicht schlappmachen, denn wer konnte schon wissen, ob sie abermals so eine Möglichkeit bekam. Noch ein kleines Stück, dann könnte sie das Handy ergreifen. Doch mit jeder verstrichenen Sekunde wurde der Krampf stärker. Sie wusste nicht, wie lange sie die Spannung noch halten konnte. Millimeter um Millimeter arbeiteten sich ihre Hände vorwärts, während der Schmerz in ihrem Oberschenkel zu explodieren schien. Ihre Oberschenkelmuskulatur begann zu zittern, das Zittern war so stark, dass es ihr unmöglich war, das Mobiltelefon zu erreichen. Instinktiv begann sie die Beine zu strecken und wieder anzuwinkeln. Nachdem Marita die Bewegung drei bis vier Mal wiederholt hatte, ließ der Krampf nach. Ihre Finger ergriffen das Handy, sie versuchte es heraus zu ziehen, doch als es ihr fast gelungen war, entglitt es ihren Händen und fiel in die Hosentasche zurück. Marita war den Tränen nahe und leises Schluchzen entfuhr ihrer Kehle. Ihre Hände waren schweißnass und die ersten Anzeichen für eine erneute Kolik machte sich in ihren Beinen bemerkbar. Sie versuchte, an ihr Handy zu gelangen, ihre Finger erreichten den Gegenstand und schlossen sich um ihn. Sie begann das Mobiltelefon heraus zu ziehen. Als es ihr gelungen war, fuhr sie mit den Fingern über die Tasten. Sie vernahm ein leises Piepen, als sie es einschaltete. Sie hielt den Atem an. Hatte ihr Peiniger das Geräusch vernommen? Warum wurde der Wagen langsamer? Eine Sekunde lang glaubte sie, dass er das Piepen ihres Handys gehört hatte. Oder war das alles nur Einbildung? Der Wagen kam zum Stehen. Marita hielt den Atem an, jede Sekunde würde das Geräusch des Motors verstummen und sich die Autotür öffnen. Es war zu spät, sie hatte die Chance, Hilfe zu rufen, vertan. Was sollte sie tun? Marita lauschte, der Motor lief noch, auch vernahm sie keine Autotür, die geöffnet wurde. Was hatte dieses Schwein vor? Warum stieg er nicht aus? Wartete er auf einen Komplizen? Oder einem Kunden, an dem er sie verkaufen wollte? Dem Betreiber eines Bordells? Vor ihrem geistigen Auge sah sie einen fetten glatzköpfigen Typen, mit einer dicken Havanna zwischen den Lippen, der sie mit seinen schmierigen Fingern begrapschte. Maritas Finger arbeiteten sich, über das Tastenfeld, da sie die Tasten nicht sehen konnte, musste sie sich auf ihren Instinkt verlassen. Warum waren die Tasten eines Handys so klein? Wie sollte es ihr gelingen, die Tastensperre zu deaktivieren und die Polizei zu rufen? Sie musste es versuchen, eine andere Möglichkeit hatte sie nicht. Sie drückte auf die erste Taste, während sie anschließend mit den Fingern nach unten fuhr, um die nächste Taste zu drücken, welche die Tastensperre deaktivierte. Marita vernahm ein leises Piepen, als sie Tastensperre aufhob. Sie hielt den Atem an. Hatte ihr Peiniger das Piepen des Handys vernommen? Marita fiel ein Stein vom Herzen, als der Wagen wieder anfuhr. Maritas Finger tanzten über die Tasten, sie drückte zwei Mal auf die erste Taste und ein Mal auf die Letzte. In ihrem Innerem schickte sie ein Stoßgebet zum Himmel, hoffentlich hatte sie sich nicht verwählt. Das Handy gab sein tut, tut von sich und Marita fragte sich, warum keiner ans Telefon ging. Die Polizei war doch sonst auch immer zur Stelle und was war jetzt, wo sie ihre Hilfe brauchte?

Tut, tut, tut.

Marita starrte auf das Handy, der Akku war fast leer, hoffentlich hielt er noch lange genug, damit sie ihren Notruf absenden konnte. Nach einer gefühlten Ewigkeit vernahm sie eine Stimme am anderen Ende der Leitung.

„Polizei Notruf was kann ich für Sie tun?", fragte eine Männerstimme, und glitt mit den Händen hinein. Dann konnte sie die Spannung nicht mehr halten und sackte zu Boden. Keuchend lag Marita am Boden, wie lange waren sie seit ihrem Aufwachen unterwegs? Waren es fünf oder zehn Minuten? Sie musste sich beeilen, da sie nicht wusste, wohin die Reise führte und wenn ihr Peiniger sein Ziel erreichte, war es für einen Hilferuf zu spät. Im Kofferraum roch es nach Schweiß und Benzin. Hatte der Täter schon früher Frauen entführt? Da fiel ihr der Artikel in den Ruhr Nachrichten ein. Ein bisher unbekannter Mann hatte eine Frau entführt und umgebracht. Das Opfer war in der Kanalisation gefunden worden. Soweit sie sich erinnern konnte, hatte die Polizei noch keine genauen Hinweise auf den Täter und auch über die Identität des Opfers war in den Medien nichts zu finden. War sie in die Hände dieses Scheusals geraten? Wenn das der Fall sein sollte, so war ihr Leben im Moment nicht mehr als einen Cent wert. Es war an der Zeit zu handeln, was brachte es ihr, Spekulationen anzustellen? Sie musste etwas unternehmen bevor es zu spät war. Ein weiteres Mal drehte sich Marita auf die linke Seite und versuchte, an ihr Mobiltelefon zu gelangen. Sie schob die gefesselten Hände in ihre linke Hosentasche. Ihr Atem flatterte, während ihr Mobiltelefon nach oben rutschte. Sie konnte den Gegenstand mit ihrem Mittelfinger berühren, jedoch nicht danach greifen. Sie hob die Beine ein wenig und stemmte ihre Füße mit aller Kraft gegen die gegenüberliegende Seite des Kofferraums. Ihre Finger nährten sich dem Handy. Sie konnte es mithilfe ihrer Fingernägel bereits ertasten, während sich in ihrem linken Oberschenkel ein Krampf bemerkbar machte, der sich bis in ihre Wade ausbreite. Marita biss so fest sie konnte auf den Knebel, ihre Oberschenkel begannen zu zittern, während ihr die Kräfte zu schwinden drohten. Sie durfte nicht schlappmachen, denn wer konnte schon wissen, ob sie abermals so eine Möglichkeit bekam. Noch ein kleines Stück, dann könnte sie das Handy ergreifen. Doch mit jeder verstrichenen Sekunde wurde der Krampf stärker. Sie wusste nicht, wie lange sie die Spannung noch halten konnte. Millimeter um

Millimeter arbeiteten sich ihre Hände vorwärts, während der Schmerz in ihrem Oberschenkel zu explodieren schien. Ihre Oberschenkelmuskulatur begann zu zittern, das Zittern war so stark, dass es ihr unmöglich war, das Mobiltelefon zu erreichen. Instinktiv begann sie die Beine zu strecken und wieder anzuwinkeln. Nachdem Marita die Bewegung drei bis vier Mal wiederholt hatte, ließ der Krampf nach. Ihre Finger ergriffen das Handy, sie versuchte es heraus zu ziehen, doch als es ihr fast gelungen war, entglitt es ihren Händen und fiel in die Hosentasche zurück. Marita war den Tränen nahe und leises Schluchzen entfuhr ihrer Kehle. Ihre Hände waren schweißnass und die ersten Anzeichen für eine erneute Kolik machte sich in ihren Beinen bemerkbar. Sie versuchte, an ihr Handy zu gelangen, ihre Finger erreichten den Gegenstand und schlossen sich um ihn. Sie begann das Mobiltelefon heraus zu ziehen. Als es ihr gelungen war, fuhr sie mit den Fingern über die Tasten. Sie vernahm ein leises Piepen, als sie es einschaltete. Sie hielt den Atem an. Hatte ihr Peiniger das Geräusch vernommen? Warum wurde der Wagen langsamer? Eine Sekunde lang glaubte sie, dass er das Piepen ihres Handys gehört hatte. Oder war das alles nur Einbildung? Der Wagen kam zum Stehen. Marita hielt den Atem an, jede Sekunde würde das Geräusch des Motors verstummen und sich die Autotür öffnen. Es war zu spät, sie hatte die Chance, Hilfe zu rufen, vertan. Was sollte sie tun? Marita lauschte, der Motor lief noch, auch vernahm sie keine Autotür, die geöffnet wurde. Was hatte dieses Schwein vor? Warum stieg er nicht aus? Wartete er auf einen Komplizen? Oder einem Kunden, an dem er sie verkaufen wollte? Dem Betreiber eines Bordells? Vor ihrem geistigen Auge sah sie einem fetten glatzköpfigen Typen, mit einer dicken Havanna zwischen den Lippen, der sie mit seinen schmierigen Fingern begrapschte. Maritas Finger arbeiteten sich, über das Tastenfeld, da sie die Tasten nicht sehen konnte, musste sie sich auf ihren Instinkt verlassen. Warum waren die Tasten eines Handys so klein? Wie sollte es ihr gelingen, die Tastensperre zu deaktivieren und die Polizei zu rufen? Sie musste es versuchen, eine andere Möglichkeit hatte sie nicht. Sie drückte auf die erste Taste, während sie anschließend mit den Fingern nach unten fuhr, um die nächste Taste zu drücken, welche die Tastensperre deaktivierte. Marita vernahm ein leises Piepen, als sie Tastensperre aufhob. Sie hielt den Atem an. Hatte ihr Peiniger das Piepen des Handys vernommen? Marita fiel ein Stein vom Herzen, als der Wagen wieder anfuhr. Maritas Finger tanzten über die Tasten, sie drückte zwei Mal auf die erste Taste und ein Mal auf die Letzte. In ihrem Innerem schickte sie ein Stoßgebet zum Himmel, hoffentlich hatte sie sich nicht verwählt. Das Handy gab sein tut, tut von sich und Marita fragte sich, warum keiner ans Telefon ging. Die Polizei war doch sonst auch immer zur Stelle und was war jetzt, wo sie ihre Hilfe brauchte?

Tut, tut, tut.

Marita starrte auf das Handy, der Akku war fast leer, hoffentlich hielt er noch lange genug, damit sie ihren Notruf absenden konnte. Nach einer gefühlten Ewigkeit vernahm sie eine Stimme am anderen Ende der Leitung.

„Polizei Notruf was kann ich für Sie tun?“, fragte eine Männerstimme.

Marita trat gegen Seitenwand des Kofferraums, wobei sie nach jedem Klopfen eine Pause von einer Sekunde machte. Sie trat erneut dagegen, wobei sie dieses Mal eine Pause von drei Sekunden. Danach trat sie wieder mit einem Abstand von einer Sekunde gegen die Seitenwand.

„Ich habe verstanden,“ meldete sich die Stimme des Polizisten, „Bleiben Sie ganz ruhig, ich werde versuchen Ihre Position zu lokalisieren, bleiben Sie bitte auf Empfang.“

Wie gebannt starrte Marita auf das Handy. Reichte ihr Akku lange genug, damit die Polizei ihre Position ausfindig machen konnte?

„Ich habe Sie gleich, einen Augenblick noch,...“, fuhr die Stimme des Polizisten fort. Marita schloss die Augen, die Stimme des Mannes beruhigte sie. Endlich konnte sie wieder Hoffnung schöpfen. Hoffentlich hielt der Akku lange genug, sonst war sie verloren. Sie hatte den Gedanken gerade zu Ende gesponnen, da ging ihr Handy aus.

Kapitel 8

Im Keller

Marita hielt den Atem an, das Auto stand still, sie vernahm das Öffnen einer Tür, wo hatte man sie hingebracht? Das Handy lag hinter ihrem Rücken. Hoffentlich bemerkte ihr Peiniger nicht, dass sie versucht hatte, Hilfe zu rufen. Sie konnte Schritte hören. Jemand machte sich am Kofferraum des Wagens zu schaffen. Marita erblickt eine große dunkle Gestalt. Über der linken Schulter trug sie einen langen Gegenstand. Um was es sich dabei handelte, konnte sie nicht erkennen. Wie lange waren sie unterwegs gewesen? Ihr selbst war die Reise wie eine Ewigkeit vorgekommen. Ohne ein Wort wurde Marita von ihrem Peiniger gepackt und wie ein Sack Mehl über die Schulter geworfen. Marita vernahm das Klippern eines Schlüssels. Der Geruch von Schweiß und altem Zigarettenqualm drang ihr in die Nase. Ihr Peiniger betätigte den Lichtschalter und ging mit ihr durch den Hausflur in den Keller hinunter. Marita sah eine alte Kommode, an der Wand darüber hing ein Jackenständer aus Eiche. Der Boden war gefliest ein Läufer, der noch Großmutters besten Zeiten hätte stammen können lag in der Mitte des Hauseingangs. An der linken Seite befand sich eine Treppe, die nach oben führte. Direkt darunter eine weitere Tür. Auf diese Tür lief er zu. Er öffnete sie und schaltete das Licht ein. Eine hölzerne Treppe führte in den Keller hinab. Eine einfache Glühbirne ohne Schirm baumelte an einem grauen Elektrokabel von der Decke herab. Die Wände waren weiß gestrichen, an der linken oberen Ecke der Decke prunkte ein riesiges Spinnennetz. Mit ihr im Schlepptau stieg der Mann die Treppe hinunter. Der Keller war größer, als Marita angenommen hatte. In der Mitte des Raumes stand ein alter Eichenstuhl mit hoher Rückenlehne. An der Rückenlehne war in Kopfhöhe ein Riemen aus Gummi angebracht. An den Armlehnen hingen ein paar Handschellen, die lose hin und her baumelten. Auf diesen bewegte sich ihr Peiniger zu. In der hinteren Ecke standen ein paar Käfige, in der sich Mäuse oder Ratten befanden? Marita wusste es nicht genau, doch als sie die Tiere erblickte, begann ihr Herz schneller zu schlagen. Sie mochte Ratten und Mäuse nicht sonderlich. In ihren Augen waren es widerwärtige Geschöpfe, denen man so schnell wie möglich den gar ausmachen musste. Wie konnte man mit solchem Ungeziefer zusammen leben? Sie konnte die Leute nie verstehen, die Ratten als Haustiere betrachteten. Diese Geschöpfe waren ihrer Ansicht nach nicht ungefährlich. Sie griffen Menschen an und waren die Überträger zahlreicher Krankheiten. Marita wurde auf den Stuhl gesetzt. Viktor nahm ein Messer aus der Tasche, umfasste mit einen Arm ihren Oberkörper, während er ihr die Klinge an die Kehle legte und sagte: „Es wird keinen Laut von sich geben, wenn ich ihm gleich den Knebel und die Fesseln löse. Hat es mich verstanden?"

Marita nickte, wenn sie hier lebend raus kommen wollte, so war es für sie besser, das Spiel vorläufig mit zu spielen. Viktor löste ihre Handschellen und kettete ihre rechte Hand an die Armlehne des Stuhls. Anschließend ergriff er ihr linkes Handgelenk, welches er ebenso wie ihr rechtes Handgelenk an die Armlehne kettete. Ein Stöhnen kam ihr über die Lippen, als sie hörte wie die Handschellen einrasteten. Maritas Blick fiel zur Tür, sie war nur wenige Meter entfernt. Mit ein paar schnellen Schritten und etwas Glück würde sie Tür wahrscheinlich sogar mit einem auf dem Rücken gefesselten Stuhl erreichen können. Er hatte die Tür nicht abgeschlossen, dies hatte er in der Aufregung vergessen. Wenn sie schnell war, könnte sie den Ausgang in einer halben Minute erreichen. Sollte sie es versuchen? Doch was war, wenn dieser Versuch fehlschlug? Was würde dieser Typ mit anstellen? Das Gewicht und der Umstand, dass sie die Hände nicht benutzen konnte, konnten kostbare Sekunden oder Minuten verstreichen, bis die Tür öffnen konnte. Da kam ihr eine Idee, die Tür war alt und lag mit Sicherheit nicht so fest in ihrem Schloss, dass sie sie nicht würde aufbrechen können. Es war einen Versuch wert, fand sie, was hatte sie schon zu verlieren? Marita beobachtete, wie Viktor eine Rolle Klebeband vom Tisch nahm und sich ihr wieder näherte. Er kam auf sie zu. Im Geiste begann sie seine Schritte zu zählen, eins, zwei, drei.

Marita hob ihren linken Fuß und verpasste ihm einen Tritt zwischen die Beine. Viktor stieß einen gellenden Laut aus, ließ das Klebeband fallen und fuhr sich mit den Händen an den Schritt. Keuchend ging er in die Knie, während sich in seinem Intimbereich ein explosionsartiger Schmerz ausbreitete. Sein Gesicht lief rot an, während seine Augen aus den Höhlen hervortraten und er schrie:

„Du verkommene Ausgeburt der Hölle, dafür wirst Du bezahlen."

Marita achtete nicht auf die Flüche, die er ihr entgegenschleuderte, sie erhob sich und rannte, so schnell sie ihre Beine trugen Richtung Tür. Das Gewicht auf ihrem Rücken machte ihr mehr zu schaffen, als sie angenommen hatte. Sie sah die Treppe vor sich, vergaß jedoch, dass ihr Entführer vor ihr auf den Boden lag. Sie geriet ins Straucheln und fiel der Länge nach mit dem Gesicht voran zu Boden. Marita knallte mit der Nase gegen die Kante der untersten Stufe, sie vernahm ein hohles Knacken als ihr Nasenbein brach. Marita zog die Knie an und versuchte aufzustehen, bald würde ihre Nase soweit anschwellen dass, man sie mit dem Rentier Rudolf vergleichen konnte. Warmes Blut floss aus ihren Nasenlöchern und sprenkelte den Boden. Wankend kam sie wieder auf die Beine. Aus den Augenwinkeln konnte sie sehen, dass sich ihr Peiniger von dem Tritt erholte. Marita stolperte vorwärts, sie vernahm Schritte, doch davon durfte sie sich nicht ablenken lassen. Sie fegte die Stufen herauf, während der Stuhl bei jedem Schritt gegen das Geländer stieß. Mit voller Wucht stemmte sich Marita gegen die Tür, sie schwang auf und Marita stolperte in den Flur. Ein pochender Schmerz drang ihr in den Schädel und für einen Moment wurde ihr schwarz vor Augen. Ihre Beine drohten wegzusacken, doch Marita kämpfte dagegen an und irgendwie gelang es ihr Halt zu finden. Die Haustür befand sich nur wenige Schritte von ihr entfernt. Kalter Schweiß lief ihr von der Stirn, während ihre Kleidung wie eine zweite Haut an ihrem Körper klebte. Marita bekam die Klinke zu fassen und drückte sie nach unten. Die Tür schwang auf und ein kühler Lufthauch wehte ihr entgegen. Die Straße war menschenleer, kein Auto fuhr an ihr vorbei und kein Passant war zu entdecken. Marita trat auf den Bürgersteig und eilte, so schnell sie konnte dem Haus entgegen. Hoffentlich öffneten die Besitzer des Hauses die Tür, immerhin war es mitten in der Nacht. Ohne auf ein vorbeifahrendes Auto zu achten, trat sie auf die Fahrbahn, wenn es ihr gelang, das Haus zu erreichen hätte sie es geschafft. Glücklich kam sie am gegenüberliegenden Bürgersteig an. Doch nur eine Sekunde später, spürte sie einen Stich in ihrem rechten Oberschenkel. Er hatte sie erwischt. Ihre Augenlider wurden schwer und ein dumpfes Taubheitsgefühl breitete sich in ihrem Bein aus. Marita machte zwei Schritte nach vorn, dann schwanden ihr die Sinne.

Marita schlug die Augen auf, wo war sie? Was war geschehen? Sie wusste, dass sie im Kofferraum eines Autos wach geworden war und dass sie versucht hatte, Hilfe zu holen. Sie war entführt worden, sie konnte sich daran erinnern, dass jemand sie in den Keller geschleppt und an einen Stuhl gebunden hatte. War sie ihrem Peiniger entkommen? Ihre Glieder waren taub. Sie hatte kein Gefühl in Armen und Beinen. Was war das für ein Haus? Hatte sie jemand gefunden und hierher gebracht? Hatte der Besitzer des Hauses die Polizei informiert? Marita versuchte, ihre Umgebung zu erfassen. Sie sah weiße Wände, doch würde sie keinen Cent darauf verwetten. Sie glaubte, Schritte zu hören. War das ein Traum? Marita versuchte, sich zu bewegen, aber es gelang ihr nicht. Es musste ein Traum sein, denn sonst müsste sie sich doch bewegen können. Langsam klärten sich ihre Sinne. Sie sah, wie die Tür aufging und ein großer Mann den Raum betrat. Als sie ihn sah, wusste sie, wo sie sich befand. Diese Drecksau hatte sie erwischt. Tränen stiegen ihr in die Augen, was sollte sie jetzt tun? Marita begann an den Fesseln zu zerren, nur um festzustellen, dass es aus ihrer Umklammerung kein Entrinnen gab. Vor ihrer Nase stand ein kleiner Käfig, in dem sich eine Ratte befand. Die Pforte des

Käfigs stand offen. Der Käfig stand auf einem Holzpult, welches hoch genug war, dass die Ratte ihre Lippen berühren konnte. Abseits des Käfigs sah Marita eine Kamera. Kalter Schweiß drang aus ihren Poren, was sollte sie tun? Die Ratte setzte sich in Bewegung und kletterte in ihren Mund. Maritas Magen zog sich zusammen, als das Ungetüm zwischen ihren Zähnen herum kroch. Ein Brechreiz breitete sich in ihrer Kehle aus. Sie hatte das Gefühl, dass sie jede Sekunde ihr Mittagessen von sich gab. Die Zähne der Ratte gruben sich wie Nadeln in ihre Zunge und der Geschmack von Blut füllte ihren Mund, als sich das erste Stück Fleisch aus ihrer Zunge löste.

Kapitel 9

Ein Video kommt an

Frau Mey ging noch einmal die Ergebnisse durch, die sie und ihr Kollege bis jetzt bekommen hatten. Die Firma H & M hatte ihnen aufgrund der Faserreste, ein Foto des Rollkragenpullovers zukommen lassen. Auch über das am Tatort gefundene Betäubungsgewehr besaßen sie ein Foto. Aber was sollten sie damit anstellen? Ein schwarzer 5er BMW Touring, ohne Nummernschild, das war so ziemlich alles, was sie hatten. Auch die Gerichtsmedizin hatte sich noch nicht gemeldet, was die Rekonstruktion des Gesichtes betraf. Frau Mey erhob sich von ihrem Schreibtisch und schlenderte zur Kaffeemaschine. Sie goss sich eine Tasse ein und trank einen Schluck. Wenn wenigstens die Rekonstruktion des Gesichts abgeschlossen wäre, dann hätten sie zumindest einen Punkt, an dem sie ansetzen konnten. Warum war die Frau getötet worden? Eifersucht schloss Frau Mey aus, wenn man jemanden aus Eifersucht umbrachte, ließ man ihn nicht langsam verbluten. Auch Habgier war ausgeschlossen. Da fiel es ihr ein Rache. Das Wort kreiste wie eine dunkle Wolke in ihrem Kopf herum. Aber aus welchem Grund? Was hatte das Opfer dem Täter angetan, dass er zu so drastischen Mitteln griff? Hatte er dabei zu gesehen? Hatte der Täter es genossen, als er sah, wie die Frau langsam von Ratten angeknabbert worden war und verblutete? Die Tür ihres Büros öffnete sich und ein Kollege trat ein.

„Störe ich Sie gerade Frau Mey?", fragte er.

Frau Mey sah von ihrem Schreibtisch auf und antwortete: „Nein, kommen Sie rein. Was gibt es?"

„Ich habe hier einen Brief für Sie, er lag bei der Eingangspost unserer Dienststelle."

„Ist gut legen Sie ihn auf dem Schreibtisch vielen Dank."

Frau Mey betrachtete den braunen DIN/A5 Umschlag, vorne auf dem Kuvert stand:

Kriminalpolizei Dortmund

z. Hd Frau Mey

Markgrafenstr.102

44193 Dortmund

Sie drehte ihn um. Der Brief enthielt keinen Absender, nicht mal ein Name stand auf dem Umschlag. Sie öffnete ihn, steckte eine Hand hinein und zog eine gebrannte CD sowie ein weißes Blatt Papier heraus. Nur ein einziger Satz stand auf dem Papier, der lautete:

Es war das Erste.

Was hatte dieser Satz zu bedeuten? Es war das Erste? Befand sich die Antwort auf der CD? Frau Mey nahm die CD aus der Hülle und steckte sie in das Laufwerk ihres Computers, es dauerte nicht lange, bis der Windows Media Player gestartet wurde, doch als Frau Mey sah, was sich auf der CD befand, stockte ihr der Atem. Sie sah eine blonde Frau, welche nackt an ein Rohr gekettet war. Der Raum glich der Kanalisation wie ein Ei dem anderem. Die Frau sagte etwas zu ihrem Kidnapper, aber der Ton war aus dem Film herausgeschnitten worden. Hatte dem Täter das Filmen seines Opfers sexuell erregt? Hatte er sich dabei einen runtergeholt? War das das Motiv? Hatte er deshalb die Frau umgebracht? Frau Mey stellte den Player auf Pause, ging zu ihrem Kollegen ins Büro und sagte: „Herr Baumann, wir haben etwas, wir brauchen die Kollegen der Spurensicherung. „

Herr Baumann erhob sich von seinem Schreibtisch, sah seine Kollegin an und sagte: „Das ist ja wunderbar, was haben Sie gefunden.“

„Kommen Sie mit in mein Büro.“

„Ist gut ich komme gleich, ich geb nur schnell den Kollegen von der Spurensicherung bescheid.“

Nachdem Herr Baumann bei der Spurensicherung angerufen hatte, eilte er in das Büro seiner Kollegin und sah sich mit ihr das Video an. Er traute seinen Augen nicht, Ratten krabbelten auf der Frau herum und begannen sie zu zerfleischen, als ob Menschenfleisch ihre natürliche Nahrungsquelle wäre. Das Video stellte etliche wissenschaftliche und biologische Erkenntnisse, die man über die Nagen seit Jahren gesammelt hatte auf den Kopf. Warum griffen sie die Frau an? Selbst wenn sie sich bedroht fühlten, würden sie einer Frau nicht ganze Fleischstücke aus dem Körper reißen, wie es in diesem Video der Fall war. Die Ratten langten zu, als ob sie seit Tagen nichts mehr zu fressen gefunden hatten, was in der Kanalisation sehr unwahrscheinlich war. Die Kamera zoomte auf die linke Schulter der Toten, sodass deutlich zu erkennen war, wie sich die Zähne des Nagetiers in ihr Fleisch gruben, um einen kleinen Leckerbissen zu erhaschen. Man sah eindrucksvoll, wie die Nager ihre Zähne einsetzten, um das Fleisch herauszulösen. Die Barthaare der Ratten waren mit Blut verziert, während sie Sehnen und Knorpeln zerschnitten. Die Ratten das ging aus dem Bericht der Spurensicherung hervor, waren, nicht genetisch verändert worden. Blut lief an Beinen und Armen herunter und auch am Bauch des Opfers hatte sich eine Ratte festgebissen, um sich langsam durch ihre Bauchdecke zu arbeiten. Das Gesicht der Frau glich einer Fratze, wie man sie sonst nur in Horrorfilmen zu sehen bekam. Was hatte die Frau für Qualen erdulden müssen? Die langen blonden Haare der Frau wirbelten wie Luftschlangen durch die Luft, mal fielen sie dem Opfer ins Gesicht sodass, ihre blauen Augen nicht zu erkennen waren, dann wurden sie wieder nach hinten geschleudert, sodass man ihr Gesicht deutlich erkennen konnte. Bei diesen Bildern musste dem Opfer der Tod fast wie eine Erlösung vorgekommen sein. Ihr Körper zuckte in den Handschellen, als ob sie mit der bloßen Hand an eine Starkstromleitung gefasst hätte.

Frau Meys Magen drehte sich um, als sie sah wie eines dieser Tiere der Frau das Auge raus biss und es Stück für Stück verschlang. Das Tier fraß direkt durch die Augenhöhle des Opfers und trat aus dem Hinterkopf wieder zum Vorschein. Als das Video zu Ende war, fiel ihr ein Stein vom Herzen, sie war einiges gewöhnt, aber einer Frau zu sehen, die bei lebendigem Leib von Ratten verspeist wurde, war selbst für Frau Mey zu viel. Sie nahm ein Glas aus dem Schrank und goss sich einen Schluck Wasser ein. Auch ihr Kollege war kreidebleich, sein Gesicht sah aus wie das eines Toten.

„Wollen Sie auch einen Schluck?", fragte Frau Mey.

„Ja bitte.", antwortete Herr Baumann.

Frau Mey nahm ein weiteres Glas aus dem Schrank, welches sie mit Wasser füllte und kehrte zu ihrem Kollegen zurück.

„Haben Sie so etwas schon mal gesehen?", fragte sie.

Herr Baumann nahm einen Schluck Kaffee, stieß einen Seufzer aus und antwortete: „Nein in meinen fünfzehn Jahren ist mir so ein Mord noch nicht untergekommen. Haben Sie gesehen, wie die Ratten die Frau angegriffen haben, fast so als ob sie hypnotisiert wären."

„Stimmt, aber leider ist der Täter nicht darauf zu erkennen. Der Kerl spielt mit uns, habe ich recht?

Kapitel 10

Unter Beobachtung

Frau Mey verließ um 19: 00 Uhr die Polizeistation, stieg auf ihr Fahrrad und fuhr nach Hause, ohne zu merken, dass ihr jemand folgte. Man hatte ihn nicht entdeckt, keinem dieser Fachidioten hatte bemerkt, dass Viktor bereits seit dem frühen Morgen nur ein paar Meter vom Polizeirevier entfernt auf der Lauer gelegen hatte. Sie machten alles streng nach Vorschrift. In der Fernsehzeitschrift auf einen Blick hatte er einen Artikel über seine Tat gefunden, das schmeichelte ihm. Es war für ihn die größte Anerkennung, die er sich vorstellen konnte. Glaubten sie wirklich, dass irgendjemand ihn bei seiner Tat beobachtet hatte. Das Einzige, was sie herausfinden konnte, war, dass er sie seinen Freunden zum Fraß vorgeworfen hatte. Sie machten alles streng nach Vorschrift, der übliche langweilige Vorgang, nur dass sie damit keinen Schritt weiterkamen. Er selbst zog es vor, seine Opfer nicht persönlich zu kennen, so musste er sich keine Vorwürfe machen, oder ein schlechtes Gewissen haben. Grundsätzlich pflegte er so oder so keine Kontakte zur Außenwelt, die Menschen würden ihn nicht verstehen und eigentlich mochte er andere Menschen eh nicht, aber Frauen widerten ihn mit ihrer selbstsüchtigen Art regelrecht an. Frau Mey war um 8:00 Uhr ihren Dienst angetreten. Er hatte sie bereits beobachtet, als sie mit ihrem Drahtesel in den Mühlenweg eingebogen war. Da sie mit dem Fahrrad zur Arbeit fuhr, wohnte sie also ganz in der Nähe. Ihren Dienstwagen so schloss er daraus, ließ sie entweder auf dem Polizeiparkplatz stehen oder ihre Kollegen fuhren mit ihm nach Hause. Das gefiel Viktor, so war es für ihn einfacher, sie zu verfolgen, ohne dass sie misstrauisch wurde. Viktor startete den Wagen und folgte ihr. Zu dicht durfte er aber nicht auffahren, da die Polizistin sonst misstrauisch werden könnte. Die Fahrt führte über den Alten Mühlenweg, vorbei an Bekleidungsgeschäften und Supermärkten. An der Saarlandstraße stoppte Frau Mey und wartete darauf, dass die Ampel auf Grün sprang. Viktor fuhr rechts ran, wenn er bei grün vor der Ampel stehen blieb, würden die Fahrer hinter ihm ein Hupkonzert veranstalten, das ihn verraten konnte. Als die Ampel auf Grün sprang, überquerte Frau Mey die Kreuzung und bog in die Stolzestraße ein. Viktor fuhr in ein Neubaugebiet, die Straße war gepflastert und nicht geteert. Einige Inseln und riesige Häuser säumten den Weg. Viktor drosselte das Tempo auf 20 kmh. Eigentlich war hier Schrittgeschwindigkeit vorgegeben, aber dann würde er Frau Mey verlieren und das konnte und wollte er nicht riskieren. Viktor beobachtete, wie Frau Mey vor einem großen Haus stehen blieb, in der Dunkelheit war die Farbe sowie die Hausnummer nicht zu erkennen, aber er sah, wie sie ihr Fahrrad in die Garage stellte und das Garagentor herunterließ. Viktor überlegte, ob er die Tage in ihr Haus eindringen sollte. Diese Frau war nicht wie die anderen Frauen, die er erlöst hatte. Sie war zielstrebig und fest entschlossen, ihn zu erwischen. Das machte sie für ihn zu einer besonderen Trophäe. Normalerweise war es ihm egal wie und wo seine Opfer lebten, aber nicht bei Frau Mey. Gerade weil sie so entschlossen war, ihn zu verhaften, wollte er gerne mehr über sie erfahren. Doch wahrscheinlich hatte sie ihr Haus mit einer Alarmanlage und einem Sicherheitsschloss ausgestattet. Er selbst wusste nicht, wie man ohne Aufsehen zu erregen, in ein Haus einstieg. Was war, wenn er dabei erwischt wurde? Dann wäre sein Spiel gelaufen und es fing gerade erst an interessant zu werden. Wie würde ihr Kollege reagieren, wenn sie sein nächstes Opfer wurde? Würde er sich etwas mehr Mühe bei den Ermittlungen geben? Ein Lächeln huschte über seine Lippen, das war eine vorzügliche Idee, aber vorher wollte er Frau Mey ein kleines Präsent zu kommen lassen. Was würde sie empfinden, wenn er das nächste Video an ihre Privatadresse lieferte? Zusammen mit einer persönlichen Botschaft? Er glaubte, die Stimme seiner Mutter zu hören, die zu ihm sagte: „Du böser, böser Junge, habe ich Dir nicht gesagt, dass böse Kinder von Ratten gefressen werden."

Viktor legte beide Hände an die Ohren, er wollte sie nicht hören, er wollte, dass sie aufhörte, ihm Vorwürfe zu machen. Warum musste sie sich überall einmischen, sie war doch tot? Oder nicht? Er hatte sie doch eigenhändig umgebracht, warum konnte sie ihn nicht in Ruhe lassen? Viktor schlug mit den Händen gegen das Steuer und sagte: „Hör auf dich einzumischen Mutti, Du bist tot und es war das Beste, was ich jemals getan habe. Also lass mich in Ruhe."
Heiße Tränen liefen ihm über die Wangen, während seine Hände zitterten. Warum konnte sie nicht ihre Schnauze halten?

Viktor legte beide Hände an die Ohren und schloss die Augen. Sein Pulsschlag normalisierte sich, als er die Augen wieder öffnete, war ihre Stimme verschwunden.

Viktor startete den Wagen und fuhr nach Hause, er fand das eine gute Idee.

Kapitel 11
Identifizierung

Der Artikel über den Fund der Leiche erschien in der nächsten Ausgabe der Zeitschrift auf einen Blick, der Kriminalreporter hatte gute Arbeit geleistet und den Artikel zwar interessant aber nicht zu blutrünstig erzählt. Sie hatte ihn gelesen, er brachte alle bisher zusammengetragenen Fakten professionell und wenn auch etwas authentisch rüber. Seltsam war, dass niemand die Frau bisher als vermisst gemeldet hatte, weder bei den Kollegen der Schutzpolizei noch bei Ihnen war eine Vermisstenmeldung eingegangen. Die Frau war seit fast 96 Stunden tot. Warum hatte niemand die Polizei verständig? Es hätte doch jemandem auffallen müssen. Selbst wenn das Opfer keine gesellschaftlichen Kontakte pflegte, hätte doch wenigstens ihr Arbeitgeber stutzig werden müssen, da sie seit drei Tagen nicht zur Arbeit erschienen war. Oder war die Frau arbeitslos? Das wäre eine Erklärung dafür, dass keine Vermisstenmeldung vorlag. Das Klingeln des Telefons riss Frau Mey aus ihren Gedanken, sie nahm den Hörer ab und sagte:"Kriminalpolizei Dortmund Frau Mey Guten Tag."

Frau Mey vernahm ein Schluchzen am anderen Ende der Leitung, es dauerte wohl eine halbe Minute, bis sich die Person unter Kontrolle hatte, dann sagte sie:"Mein, mein Name ist Katherina Rosengarten, ich habe heute zufällig den Bericht über die Frau in der Kanalisation gelesen, es handelt sich dabei um meine Tochter."

Frau Mey tat die Frau leid. Bei einer vermissten Person konnte man noch hoffen, dass sie unversehrt war. Auch wenn man sich darauf einstellen musste, dass die vermisste Person, einem Gewaltverbrechen zum Opfer gefallen war. Aber wenn die Nachricht aus heiterem Himmel kam, war es, so vermute sie besonders schwer.

„Es tut mir leid, aber könnten Sie bitte heute Nachmittag um 15:00 Uhr zu mir kommen. Sie müssen die Leiche leider noch identifizieren, damit wir ganz sicher gehen können, dass es sich wirklich um Ihre Tochter handelt."

„Ist in Ordnung, ich werde mit meinem Lebensgefährten, um 15:00 Uhr da sein.“

Mit diesen Worten legte Frau Rosengarten den Hörer auf. Frau Mey stand auf und eilte aus ihrem Büro, was mussten diese Personen empfinden, falls es die Eltern des Opfers waren? Sie hatten keine Vermisstenmeldung aufgeben, hatten sich also nicht mal im Ansatz auf ein schlimmes Verbrechen einstellen können, soweit man das überhaupt konnte. Was für Gefühle mochten in ihnen herrschen? Trauer, Wut und Verzweiflung? Schuldgefühle? Hoffentlich konnten die Eltern ihnen einen entscheidenden Hinweis geben, der sie weiterbrachte. Nach der Botschaft, die ihnen der Täter mitgeteilt hatte, wollte er weitere Frauen ermorden und sie selbst war davon überzeugt, dass diese Nachricht den Tatsachen entsprach. Frau Mey eilte in das Büro ihres Kollegen, ohne anzuklopfen riss sie die Tür auf und sagte: „Herr Baumann, die Identität der Leiche ist wahrscheinlich geklärt, gerade hat mich eine Frau Rosengarten angerufen, die meint, bei der Leiche würde es sich um ihre Tochter handeln."

„Das ist wunderbar, haben Sie mit Ihr einen Termin vereinbart?´"

„Ja, Sie kommt um 15:00 Uhr mit Ihrem Lebensgefährten."

„Sehr gut, jetzt haben wir immerhin etwas wo wir ansetzen können."

Um 15:00 Uhr klopfte es an der Tür zu ihrem Büro.

„Herein.", sagte Frau Mey, die Tür öffnete sich und ein großer schlanker Mann mit Halbglatze trat ein. Er trug einen langen grauen Mantel und braune Lederschuhe. Begleitet wurde er von einer kleinen pummelige Frau, mit krausen blonden Haaren. Frau Mey sah von ihrem Schreibtisch auf, eilte auf sie zu, streckte ihnen die Hand entgegen und sagte: „Guten Tag, ich bin Frau Mey, und Sie sind?"

„Mein Name ist Frau Rosengarten und das ist mein Mann.“, schluchzte Frau Rosengarten, während sie die Hand ergriff.

„Dürfen wir die Leiche sehen?“, fragte Herr Rosengarten.

Frau Mey reichte ihm die Hand und sagte:“Guten Tag Herr Rosengarten, selbstverständlich, aber es ist kein besonders schöner Anblick.“

„Guten Tag Frau Mey, wann können wir los?“, frage Herr Rosengarten, während er ihre Hand schüttelte.

„Warten Sie bitte einen Augenblick, ich muss meinem Kollegen Bescheid geben und dcr Gerichtsmedizin mitteilen, dass wir kommen. Wenn Sie mich bitte entschuldigen.“, antwortete Frau Mey.

Frau Mey verließ das Büro, kehrte aber nur kurze Zeit später mit ihrem Kollegen zurück.

„Da bin ich wieder.“, sagte Frau Mey. „Darf ich Ihnen meinen Kollegen Herrn Baumann vorstellen, er arbeitet mit mir zusammen an dem Fall. Wir haben gute Nachrichten, mein Kollege hat in der Gerichtsmedizin angerufen, wir können uns auf den Weg machen. Folgen Sie uns bitte.“

Eine Viertelstunde später, kamen sie in der Gerichtsmedizin an. Frau Mey und Herr Baumann steuerten auf den Empfangsbereich zu und sagten: „Guten Tag, wir werden von Dr. Hoffmann erwartet, können Sie uns sagen wo er sich befindet?“

„Er erwartet Sie bereits bei den Kühlräumen.“, antwortete die Empfangsdame.

„Haben Sie vielen Dank.“, antwortete Frau Mey. Sie führte das Ehepaar eine Treppe hinunter.

„Guten Tag Dr. Hoffmann, darf ich Ihnen Herr und Frau Rosengarten vorstellen, das sind die Angehörigen der Frau, die wir in der Kanalisation gefunden haben.“

Dr. Hoffmann reichte den Beiden die Hand und sagte:"Angenehm Ihre Bekanntschaft zu machen. Die Frau liegt direkt hinter mir."

Bei diesen Worten drehte er sich um, und öffnete eines der silberne Fächer. Frau Rosengarten sah, dass sich um das Fach mit der Nummer 828 handelte. Es unterschied sich in keinster Weise von den anderen Kühlkammern. Das Herz schlug ihr bis zum Halse, für einen Moment schloss sie die Augen und schickte ein Stoßgebet zum Himmel. Sie und ihr Mann waren keine Kirchengänger, doch in diesen Sekunden, brauchten sie jemanden, dem sie ihre Sorgen und Ängste anvertrauen konnten. Die Sekunden, in denen Dr. Hoffmann, den Riegel beiseiteschob, waren die Längsten ihres Lebens. Der Körper war mit einem grünen Tuch bedeckt. Dr. Hoffmann hob das Tuch mit beiden Händen an und schlug es so weit nach hinten, dass das Gesicht des Opfers zu erkennen war. Als Frau Rosengarten ihre Tochter auf der Bahre liegen sah, hielt sie sich eine Hand vor den Mund, die

Farbe wich aus ihrem Gesicht und sie sagte: „Wo ist die Toilette?“

„Gehen Sie den Gang entlang und am Ende des Ganges biegen Sie dann rechts ein, gehen sie bis zum Ende des Ganges. Auf der rechten Seite finden Sie die Sanitäranlagen.“, antwortete Dr. Hoffmann.

Als Herr Rosengarten seine Tochter auf dem Tisch liegen sah, verließ ihm seine Selbstbeherrschung. Er rannte auf seine Tochter zu, nahm sie in die Arme und schrie:“Nein, so ein krankes Schwein, wenn ich ihn erwische, werde ich dieser Drecksau jedes Glied einzeln abtrennen. Wo ist dieses feige Schwein, wo ist es?“

Heiße Tränen liefen ihm über die Wangen, und ein Schluchzen drang aus seiner Kehle.

„Was für eine kranke Drecksau tut so etwas? Sagen Sie es mir.“, fuhr Herr Rosengarten fort.

Frau Mey verließ den Raum, kehrte aber nur kurze Zeit später mit einem Glas Wasser zurück. Sie reichte es Herrn Rosengarten mit den Worten: „Bitte sehr, ich denke Sie können das gebrauchen.“

Herr Rosengarten ergriff das Glas mit der linken Hand und schrie:“Ich will aber nichts trinken.“

Bei diesen Worten warf er Glas an die Wand, wo es in tausend Teile zersplitterte. Anschließend sank er auf die Knie, legte den Kopf auf die Brust seiner Tochter und begann zu weinen. Dr. Hoffmann verließ den Raum, kam aber wenig später mit einem Lappen und einem Kehrblech in der Hand zurück und fing an, die Scherben zusammen zu fegen.

Frau Rosengarten kam zurück, ihr Gesicht war aschfahl, fast konnte man meinen, sie wäre von einem der Seeziertische aufgestanden, um als ruhe lose Seele in den Mauern der Gerichtsmedizin umher zu wandeln. Ihr Mann ging auf sie zu und schloss sie in die Arme, wo sie anfing zu weinen.

Als Frau Mey an diesem Abend nach Hause fuhr, ahnte sie nicht, dass ihr ein schwarzer 5er BMW Touring mit getönten Scheiben folgte.

Kapitel 12
Verhöre

Die Polizei gab die Leiche frei. Am frühen Morgen kam ein Angestellter eines Bestattungsunternehmens, um die Frau abzuholen. Doch bevor Herr und Frau Rosengarten, sich um die Trauerfeier ihrer Tochter kümmern konnten, mussten sie bei der Polizei noch ihre Aussage machen. Frau Mey saß an ihrem Schreibtisch, um den Bericht über die Identifizierung der Toten fertigzustellen, als es an der Tür klopfte.

„Ja bitte.", sagte sie.

Die Tür öffnete sich und Frau Rosengarten trat ein. Sie war komplett in Schwarz gekleidet, dunkle Augenringe ließen darauf schließen, dass sie die letzte Nacht wenig bis gar nicht geschlafen hatte. Frau Mey erhob sich und ging auf sie zu. Sie streckte ihr die Hand entgegen und sagte: „Guten Morgen Frau Rosengarten, es tut mir schrecklich leid, dass Sie ihre Tochter verloren haben. Aber ich verspreche Ihnen, dass wir alles tun werden, um den Täter zu fassen."

„Danke.", erwiderte Frau Rosengarten.

„Nehmen Sie bitte Platz, fühlen Sie sich dazu imstande mir ein paar Fragen zu beantworten?"

„Ich denke schon."

„Möchten Sie auch einen Kaffee", fragte Frau Mey, während sie sich eine Tasse eingoss.

„Ja bitte."

„Brauchen Sie Zucker oder Milch?"

„Nein danke."

Frau Mey reichte ihr den Kaffee, dann fragte sie: „Ihr Name ist Magarethe Rosengarten, Sie wohnen in der Arneckestraße 54 hier in Dortmund ist das richtig?"

„Ja das stimmt."

„Was sind Sie von Beruf?“

„Hausfrau.“

„Was macht Ihr Mann?“

„Kfz Mechaniker.“

„Sie sind verheiratet.“

„Seit dreißig Jahren.“

„Wie viel verdient Ihr Mann?“

„ca. 1500 € brutto.“

Frau Mey nahm einen Schluck Kaffee, dann fuhr sie fort: „Sie wurden am 20.06.1953 geboren?

„Das stimmt.“

„Dann muss ich Sie jetzt belehren, als Mutter der Toten haben Sie ein Zeugnisverweigerungsrecht, das bedeutet, Sie müssen nicht aussagen. Doch wenn Sie aussagen, muss es die Wahrheit sein. Des Weiteren brauchen Sie auf einzelne Fragen nicht antworten, wenn Sie sich selbst einer Straftat bezichtigen würden. Nur lügen dürfen Sie zur keiner Zeit zur Wahrheit gehört auch Vollständigkeit, das bedeutet Sie dürfen nicht wissentlich etwas verschweigen. Haben Sie das verstanden?

Frau Rosengarten nickte.

„Wie war das Verhältnis zwischen Ihnen und Ihrer Tochter?"

„Wir hatten ein sehr gutes Verhältnis wissen Sie, sie kam mindestens einmal die Woche bei uns vorbei, meistens am Wochenende. Manchmal haben wir etwas unternommen. Wir sind bspw. gemeinsam schwimmen gefahren, oder haben einen Stadtbummel gemacht. Wir konnten uns immer aufeinander verlassen. Ich konnte Sie jederzeit anrufen, wenn ich Probleme hatte. Sie wäre selbst nachts um drei Uhr bei mir vorbeigekommen wenn ich

Probleme gehabt hätte. Auch wenn Sie am nächsten Tag zur Arbeit müsste.“

Und das Verhältnis zwischen Ihrer Tochter und Ihrem Mann? War das ebenfalls so gut?“

„Die beiden waren ein Herz und eine Seele.“

„In welcher Firma hat Ihre Tochter gearbeitet, und in welchem Bereich?“

„Sie war Buchhalterin bei Baby - Markt.“

„Hatte Ihre Tochter irgendwelche Feinde?

„Nicht das ich wüsste.“

„Hatte sie mit jemandem Streit?“

„Nein, zumindest hat sie mir nichts davon erzählt, ich bin mir ziemlich sicher, dass sie es mir erzählt hätte, wenn sie mit jemandem Probleme hätte.“

„Haben Sie vielleicht irgendwelche Feinde, jemanden der sich an Ihnen rächen will?

„Nein wir haben keine Feinde.“

„Hatte Sie vielleicht Spielschulden oder hat sich Ihre Tochter vielleicht Geld bei einem Kredithai geliehen?“

Zorn stieg in Frau Rosengarten auf, ihr Gesicht verfinsterte sich, was bildete sich diese Person ein? Wie konnte sie es wagen so über ihre Tochter sprechen? War es nicht schon schlimm genug, dass ihre Tochter einem Monster zum Opfer gefallen war? Einem Scheusal, das immer noch frei herumlief? Für den Bruchteil einer Sekunde wollte Frau Rosengarten die Kommissarin anbrüllen, für was für asoziale Leute hier sie vor sich sitzen habe. Sie ballte die Hände zu Fäusten und es gelang ihr, den Impuls zu unterdrücken.

„Nein Sie hat nie gespielt und wir haben ihr beigebracht mit ihrem Geld zu haushalten. Meine Tochter hätte sich niemals von zwielichtigen Leuten Geld geliehen. Und erst Recht hätte sie nicht angefangen zu spielen.“

Frau Mey griff in die Schreibtischschublade und holte einen weißen Zettel heraus, der in einer durchsichtigen Plastikfolie steckte. Sie reichte ihn Frau Rosengarten mit der Frage:

„Haben Sie eine Ahnung wer diese Nachricht geschrieben haben könnte? Die Nachricht kam zusammen mit einem Video. Wir wissen, dass die Nachricht mit einem Farblaserdrucker der Firma Dell 300 CN ausgedruckt worden ist. Kennen Sie jemanden, der so einen Drucker besitzt?"

Frau Rosengarten, betrachtete die Nachricht einige Sekunden, War das eine Nachricht dieses Scheusals, welches ihre Tochter auf dem Gewissen hatte? Wie krank musste man sein, zuerst einen Menschen umzubringen und dann der Polizei auch noch Nachrichten zu kommen zu lassen? Dieses Scheusal besaß auch noch die Dreistigkeit ihre Tochter als es zu bezeichnen? Frau Rosengarten ballte die Hände zu Fäusten, hätte sie dieses Schwein jetzt hier vor sich, so war sie sich sicher, würde sie ihm mit den bloßen Händen die

Augen auskratzen und ihm seine beschissenen Eier abreißen.

„Nein, in meinem Bekannten und Freundeskreis gibt es niemanden der dieses Modell hat."

„Frau Rosengarten, wir haben Hinweise darauf, dass der Täter einen schwarzen 5er BMW Touring fuhr, kennen Sie jemanden der so ein Auto fährt und kurze schwarze Haare hat?"

Frau Rosengarten zögerte, mit schwarzen kurzen Haaren kannte sie viele Männer, aber fuhr jemand von denen einen schwarzen 5er BMW Touring? Sie wusste es nicht, mit Autos hatte sie nicht viel am Hut. Natürlich kannte sie Personen, die einen schwarzen BMW fuhren in ihrem Bekannten und Freundeskreis gab es etliche, die so einen Wagen fuhren, aber, ob das jetzt ein 5er BMW Touring war, konnte sie nicht sagen, deshalb antwortete sie: „Das kann ich Ihnen leider nicht sagen, ich kenne mich mit Autos nicht so gut aus verstehen Sie?"

„Ich verstehe, wir haben im Blut Ihrer Tochter Überreste des Tierbetäubungsmittels Pentobarbital gefunden, kennen Sie jemanden der dieses Mittelt oder der ein Betäubungsgewehr besitzt, für welches er so ein Medikament gebrauchen könnte?“

„Nein, in meinem Bekanntenkreis, gibt es niemanden der Waffen im Haus hat. Auch kenne ich niemanden, der so ein Mittel gebrauchen könnte?“

Frau Mey nahm einen weiteren Schluck Kaffee, dann fuhr sie fort:“Könnten Sie uns sagen, wo Ihre Tochter gewohnt hat? Wir würden uns in Ihrer Wohnung gerne mal umschauen, vielleicht finden dort auch einen Hinweis, der uns zum Täter führt.“

Frau Rosengarten griff in ihre Jackentasche und holte einen Schlüsselbund hervor. Sie löste zwei der fünf Schlüssel und reichte sie Frau Mey mit den Worten: „Hier das sind die Schlüssel zu Ihrer Wohnung, wir haben immer einen, falls sie mal in Urlaub fuhr, damit wir

Ihre Pflanzen versorgen konnten und um den Briefkasten zu leeren.“

Frau Mey nahm den Schlüssel entgegen und ließ ihn in einer Schreibtischschublade verschwinden.

„Haben Sie vielen Dank, kennen Sie den Vermieter der Wohnung?“

„Ein gewisser Herr Habicht, aber falls Sie seine Adresse oder Telefonnummer brauchen, kann ich Ihnen leider nicht weiterhelfen.“

„Ich verstehe, eine Frage noch, wo waren Sie in der Nacht vom 15 auf den 16 November zwischen 1:00 und 2:00 Uhr?“

Frau Rosengarten ballte die Hände zu Fäusten, was bildetet sich diese Person ein? Glaubte die Polizeibeamtin, dass sie etwas mit dem Mord an ihrer Tochter zu tun hatte? Wie konnte diese Person es wagen, sie des Mordes an ihrer Tochter zu beschuldigen? Ihr Gesicht verfinsterte sich, dann schrie sie: „Was soll die Frage, glauben Sie ich hätte etwas mit dem

Mord zu tun? Verdächtigen Sie mich? Haben Sie überhaupt eine Vorstellung davon wie es ist, wenn man aus der Zeitung erfährt, dass die eigene Tochter einem Gewaltverbrechen zu Opfer gefallen ist? Haben Sie Kinder? Sie gefühlskaltes Mis....“, Frau Rosengarten stockte, wenn sie jetzt weiter ging, so würde man sie wegen Beamtenbeleidigung anzeigen. Deshalb fuhr sie fort: „Verhaften Sie mich doch, warum sagen Sie nicht gleich, dass Sie mich für die Täterin halten. Legen Sie mir Handschellen an, machen Sie schon!“, schrie sie, wobei sie Frau Mey demonstrativ die Hände entgegenstreckte. „Wenn Sie mich verhaften oder meinen ich hätte etwas mit dem Mord zu tun, dann schwöre ich Ihnen, dass ich meinen Anwalt anrufen werde, und der wird Sie spätestens bei Gericht auseinander nehmen.“

Frau Mey sah, wie Frau Rosengartens Nasenflügel bebten, sie konnte ihre Wut verstehen, doch diese Frage gehörte zu den Standardfragen eines jeden Verhörs, deshalb sagte sie: „Bleiben Sie ganz ruhig Frau Rosengarten, ich verstehe Ihre Wut, niemand geht davon aus, dass Sie etwas mit der Sache zu tun haben. Diese Frage muss jeder beantworten, der in die Sache verwickelt ist. Beantworten Sie bitte die Frage?“

„Ich war Zuhause und habe geschlafen.“

„Gibt es dafür Zeugen?“

„Ja meinen Mann sind Sie nun zufrieden?“

„Ist gut, eine Frage noch, können Sie mir sagen wo Ihre Tochter gewohnt hat?“

„Gutenbergstraße 23.“

„Habe Sie vielen Dank, Sie können jetzt gehen, auf Wiedersehen.“

Frau Mey erhob und streckte ihr die Hand entgegen, doch Frau Rosengarten, drehte sich einfach um und verließ das Büro, ohne ein Wort des Abschieds. Frau Mey trat auf den Flur hinaus, dort traf sie ihren Kollegen und sagte:“ Wie ist es gelaufen? Haben Sie neuen Erkenntnisse, die uns weiterhelfen könnten?“

„Leider nicht, aber vielleicht finden wir im Haus des Opfers einen Hinweis der uns weiter bringt. Und bei Ihnen?", antwortete Herr Baumann.

„Leider Fehlanzeige."

Kapitel 13
Im Haus des Opfers

Frau Mey und Herr Baumann erreichten um 11:00 Uhr die Wohnung des Opfers, der Vermieter ein älterer Mann mit weißen kurzen Haaren, stand vor der Wohnungstür und erwartete sie. Er trug einen langen schwarzen Mantel, und ein brauner Hut saß auf seinem Kopf. Frau Mey schätzte, das Alter des Mannes auf über sechzig Jahren, war sich aber nicht sicher.

„Guten Tag Herr Greeling, ich heiße Frau Mey, und der Herr neben mir ist mein Kollege Herr Baumann.", begrüßte sie den Vermieter, wobei sie ihm die Hand entgegenstreckte.

Herr Greeling schien ihre Hand gar nicht wahrzunehmen, ohne ein Wort des Grußes zu verlieren, kam er zur Sache, indem er fragte: „Ist gut, haben Sie einen Durchsuchungsbefehl?"
Frau Mey griff in Ihre Jackentasche und zog ein zusammengefaltetes Stück Papier hervor.

Herr Greeling nahm ihr das Schriftstück aus der Hand, faltete es auseinander und begann zu lesen. Nachdem er es studiert hatte, sagte er: „Folgen Sie mir, Ihre Wohnung lag im dritten Stock auf der rechten Seite.“

Herr Greeling wollte gerade voran gehen, da sagte Frau Mey: „Geben Sie uns bitte den Schlüssel, wir werden alleine nachsehen. Erstens könnten Sie mögliche Hinweise verwischen und zweitens aus Respekt dem Opfer gegenüber.“

„Na gut hier ist der Schlüssel, ich warte draußen, aber beeilen Sie sich.“, sagte Herr Greeling.

„Haben Sie vielen Dank.“, erwiderte Herr Baumann, wobei er ihm den Schlüssel aus der Hand nahm und in den Flur trat. Der Korridor war mit braunen Fliesen ausgestattet, welche einen interessanten Kontrast zu den gelb gestrichenen Wänden bildete. Das Treppengeländer war im dunklem blau gehalten, Frau Mey fand, dass diese Farbzusammensetzung hinten und vorne nicht passte. Der Eingangsbereich machte auf ihr eher den Eindruck, als wenn hier überwiegend sozial schwache Leute lebten. Die Beamten gingen die Treppe hinauf in den dritten Stock, die Wohnungstür bestand aus braunem Eichenholz, indem eine große Glasscheibe eingearbeitet worden war. Vor der Glasscheibe hing ein dunkelbrauner Vorhang. Frau Mey steckte den Schlüssel ins Schloss und trat ein. Der Geruch von abgestandener Luft und vergammelten Essensresten schlug ihnen entgegen. Der Flur war weiß gestrichen, eine kleine Gardcrobc und cinc Anrichtc auf dcr cin schnurloses Telefon standen, waren die einzigen Einrichtungsgegenstände. An der Garderobe hingen zwei Mäntel aus Fuchspelz. Marita fragte sich, wie die Leute für so was Geld ausgegeben konnten. Die Pelze schienen sehr teuer gewesen zu sein und passten mit Sicherheit nicht in die Gehaltsliste einer Buchhalterin. Rechts neben der Haustür befand sich eine weitere Tür mit einem weißen Schild, welches verkündete, dass sich dahinter das Badezimmer befand.

„Ich fange im Badezimmer an und Sie?", fragte Frau Mey ihren Kollegen.

„Ich beginne mit dem Flur."

Herr Baumann öffnete die Schublade, unter der Anrichte. Notizblöcke, Taschentücher, Kugelschreiber Telefonbücher und allerlei Krimskrams waren ihr einziger Inhalt. Er nahm eines der Notizblöcke und blätterte ihn durch. Telefonnummer, und einen Termin beim Zahnarzt für den 02.11.2011 um 10:30 Uhr waren jedoch alle Informationen, die er finden konnte. Er legte die Sachen wieder an seinen Platz und ergriff das Telefon, welches auf dem Schrank stand. Zwei Tastendrücke genügten, um die Nachrichten abzuhören. Er fand zwei Nachrichten von ihren Eltern, drei weitere von offensichtlichen Bekannten und Freunden, sowie zehn weitere Mitteilungen von dubiosen Firmen, die mit Gewinnspielen und satten Preisen warben. Herr Baumann legte den Hörer auf und ging ins Schlafzimmer. Das Zimmer war nicht besonders groß, ein weißes Bett aus Holz stand in der Mitte des Raumes, vor den Fenstern hingen weiße Gardinen, welche an einer Metallschiene befestigt waren. Eine dunkelbraune Tapete und ein weißer flauschiger Teppich vermittelten ihm, ein angenehmes Gefühl. Das Schlafzimmer hätte da war er sich sicher, genauso gut sein Eigenes sein können. Links vor dem Bett an der Wand stand ein weißer Kleiderschrank aus Eiche. Herr Baumann schob die Tür des Spinds zur Seite. Kleider, Röcke, Blusen und Blazer in verschieden Farben hingen auf Bügeln ordentlich nebeneinander. Einige wenige der Blazer hatten Taschen, Herr Baumann griff in jede Einzelne, konnte aber nichts entdecken, nicht mal ein Taschentuch oder ein altes Kaugummipapier. Herr Baumann lief auf den weißen Nachttisch zu, auf dem eine kleine schwarze Lampe aus mit Metall mit weißem Schirm und ein Wecker standen. Neben der Lampe lag ein aufgeschlagenes Buch. Charlotte Link Die letzte Spur stand auf dem Umschlag. Er selbst hatte vor einigen Jahren mal ein Buch mit dem Titel Die Täuschung von ihr gelesen. Der Stil und die Art und Weise die Charaktere darzustellen hatte ihn damals beeindruckt, jedoch fand er, dass Kriminalromane nur selten etwas mit wirklicher Polizeiarbeit zu tun hatten. Er öffnete die Schublade, in welcher sich, verschiedene Zettel, Kugelschreiber und Kaugummis befanden. Sein Blick fiel auf ein Medikament mit der Aufschrift Aspirin. Hatte das Opfer Probleme mit Migräne? Herr Baumann wischte den Gedanken beiseite, das war Blödsinn, jeder Mensch selbst er hatte immer Medikamente im Haus, so etwas gehörte in jede Hausapotheke. Herr Baumann strich über die blaue Bettdecke und schlug sie zur Seite. Langsam fuhr er mit den Fingern über das weiße Laken, konnte jedoch nichts Ungewöhnliches entdecken. Herr Baumann nahm eine kleine Taschenlampe aus der Hosentasche, schaltete sie ein und ging auf die Knie. Der Lichtstrahl traf auf den Fußboden, Staub lag auf dem Boden und riesige Spinnenweben hingen wie Fetzen am Lattenrost herab.

Frau Mey befand sich in der Küche des Opfers, im Bad hatte sie nichts finden können, was sie und ihren Kollegen weiterbrachte. Die Küche war weiß gefliest, ein heller Eichentisch und eine Eckbank standen rechts an der Wand.

Auf der gegenüberliegenden Seite standen jeweils zwei Stühle, aus demselben Material. Die Küche war komplett in Schwarz gehalten, über dem Essbereich hing eine Lampe, mit einem weißen Schirm aus Glas. Diese hing an einem weißen Kabel von der Decke herab. Auf der Fensterbank stand ein blaues Gesteck aus Schmetterlingen und Kunstmoos gefertigt. Es war nichts besonderes, die Sachen waren in jedem Bastelladen zu bekommen. Frau Mey öffnete eine Schublade, Frühstücksbrettchen, Suppenkellen, Reiben und Salatbesteck waren ihr einziger Inhalt. Sic nahm den Inhalt heraus, legte ihn auf die Arbeitsfläche, konnte aber nichts Ungewöhnliches finden. Frau Mey öffnete die nächste Schublade, in welcher sich Gabeln, Löffel und Messer befanden aber nicht ein einziger Hinweis.

Zwei Stunden nachdem sie die Wohnung betreten hatten, war die Arbeit getan, Frau Mey öffnete die Haustür und trat in den Flur, wo Herr Greeling schon wartete.

„Na endlich wird aber auch Zeit, sind Sie fertig?“, fragte er sie.

„Noch nicht, ich habe da noch ein paar Fragen.“, antwortete Frau Mey.

„Beeilen Sie sich, ich habe nicht den ganzen Tag Zeit.“

„Was war Frau Rosengarten für eine Mieterin, waren Sie mit Ihr zufrieden?“

„Gab nie Beschwerden über Sie, hat Ihre Miete immer pünktlich zum 1. des Monats bezahlt.“

„Ich verstehe, wo waren Sie in der Nacht vom 15 auf den 16 November zwischen 1:00 Uhr und 2:00 Uhr?“

„Ich war im Bierhaus in der Betenstraße.“

„Haben Sie vielen Dank.“

Herr Baumann die Kellertreppe hinauf, als Frau Mey ihn sah, fragte sie ihn: „Und haben

Sie was gefunden, was uns weiterhelfen könnte?"

„Leider nein und Sie?", frage Herr Baumann.

„Auch nichts, ich denke unsere Vermutung ist richtig, er sucht sich seine Opfer zufällig aus.", antwortete Frau Mey.

Kapitel 14

Post für Frau Mey

Um 20:00 Uhr kam Frau Mey zu Hause an. Sie schob ihr Fahrrad in die Garage und ging über die mit grauen Steinen asphaltierte Einfahrt zu ihrem Haus. Das Haus bestand aus roten Ziegelsteinen, während auf dem Spitzdach schwarze Dachziegel lagen. Vor dem Haus befand sich ein kleiner Vorgarten, indem ein Haselnussstrauch, eine Fichte und mehrere Orchideen wuchsen. Den Boden hatte sie mit Kieselsteinen aufgefüllt, um nicht ständig Unkraut jäten zu müssen. Die Größe des Gartens hatte sie durch helle Stolpersteine, abgesteckt. Frau Mey griff in ihre rechte Jackentasche und holte einen silbernen Schlüsselbund hervor. Sie steckte ihn ins Schloss, worauf die Verriegelung der braunen Haustür zurücksprang. Frau Mey griff in den Briefkasten und fischte einen braunen Din A5 Umschlag heraus. Der Umschlag enthielt keinen Absender, lediglich ihr Name und ihre Anschrift waren angegeben. Frau Mey drückte die Klinke nach unten und trat ein. Sie warf den Umschlag auf den Schuhschrank und schloss die Tür. Wer hatte ihr den Brief geschickt? Ihre Freunde und Bekannte würden zumindest ihren Namen als Absender angeben. Frau Mey schritt über weiße Fließen und entledigte sich ihres Mantels. Sie brauchte eine Dusche, sie ging die braunen Stufen zum Badezimmer hinauf. Der Boden ihres Hauses bestand fast komplett aus hellbraunem Parkett, abgesehen von der Toilette und dem Badezimmer, diese Räume hatte sie weiß gehalten. Auf der linken Seite befand sich ein weißes Keramikwaschbecken, worüber ein kleiner Spiegelschrank angebracht war. In dem Schrank bewahrte sie Makeup, Fön, Zahnpasta sowie ihre Haarbürste auf. Frau Mey zog ihren Blazer aus, und warf ihn zu Boden. Anschließend knöpfte sie ihre Bluse auf und ließ sie ebenfalls zu Boden gleiten. Sie streifte die Träger ihres BHS nach unten und öffnete ihn, worauf zwei handgroße Brüste zum Vorschein kamen. Frau Mey schob ihr Höschen nach unten, ihre Scheide war behaart,während sie ihre Beine alle drei Tage rasierte. Frau Mey stieg in Dusche und ließ langsam den ersten Wasserstrahl ihre Haut benetzen. Was gab es Schöneres als eine heiße Dusche nach einem langen Arbeitstag? Danach fühlte sie sich frisch und erholt. Frau Mey griff nach dem Shampoo und fing an, ihre Kopfhaut einzumassieren. Sie seifte sie ihren Körper ein, stellte die Brause an und fuhr langsam von den Füßen an aufwärts zu ihrem Oberkörper. Schaum rann zwischen ihren Beinen hinab, es fühlte sich warm und angenehm an. Nachdem sie sämtlichen Schaum von ihrem Körper entfernt hatte und die Haare ausgespült waren, griff sie sich ein Badetuch und begann sich ab zu trocknen. Sie zog sich einen Bademantel über und ging in den Flur, wo sie den Brief vom Schrank nahm und in ihr Schlafzimmer ging. Eher aus Gewohnheit als auch Vorsicht, betastete sie den Umschlag, in seinem Innerem schien sich ein rechteckiger Gegenstand aus Plastik zu befinden, jedoch keine Drähte oder Ähnliches. Frau Mey öffnete den Brief und zog einen Rohling sowie ein zusammengefaltetes Blatt Papier hervor.

Sie faltete ihn auseinander, doch als sie sah, was auf dem Zettel stand traute sie ihren

Augen nicht. Ihr Herz begann schneller zu schlagen und eine Gänsehaut breitete sich auf ihren Armen aus. Auf dem Zettel stand:

Wer wird das Nächste sein?

Frau Mey hielt den Atem an, die Nachricht war fast dieselbe Nachricht, wie die die sie und ihr Kollege vor drei Tagen bekommen hatten. Hatte der Täter wieder zu geschlagen? Und woher hatte er ihre Privatadresse? Frau Mey verließ das Schlafzimmer und ging in den Flur. Sie nahm das Telefon von der Ladestation und rief ihre Dienststelle an.

„Kriminalpolizei Dortmund, Hortmann Guten Tag.", meldete sich eine Stimme am anderen Ende der Leitung.

„Guten Abend hier spricht Frau Mey, Dienstnummer 346. Ich brauche ein paar Kollegen der Spurensicherung. Der

Rattenripper hat sich bei mir gemeldet, Sie wissen schon."

„Ich werde alles veranlassen, die Kollegen sind in zehn Minuten da."

Woher hatte der Täter ihre Privatadresse? Die ersten Briefe hatte er an ihre Dienststelle gesendet, aber diesen nicht? Was wollte er ihr mitteilen?

Um 20:40 Uhr klingelte es an ihrer Tür, als Frau Mey öffnete, standen Herr Baumann und Herr Berger vor ihr. Beide trugen die Spurensicherungsanzüge, um eventuelle Hinweise nicht durch eigenes Gewebe oder Faserreste zu verunreinigen.

„Guten Tag Kollegen kommt rein, der Brief befindet sich in meinem Schlafzimmer, folgt ihr mir bitte?"

Frau Mey geleitete die Beamten ins Schlafzimmer und sagte: „Auf dem Schreibtisch liegt der Umschlag, der Zettel liegt obenauf, leider sind meine Fingerabdrücke drauf."

„Ist in Ordnung Kollegin, nach unseren bisherigen Erkenntnissen in dem Fall, scheiden Sie als Täterin eh aus. Aber eine Frage habe ich noch, woher hat er Ihre Adresse und Ihren Namen?", fragte Herr Baumann.

„Das ist die 64 000 € Frage, ich weiß es nicht.", antwortete Frau Mey. Eine Frage kreiste in ihrem Kopf herum, aber Frau Mey wagte es nicht, sie auszusprechen, hatte der Killer sie ins Visier genommen, weil sie als Nächstes sterben sollte? Schrieb er ihr deshalb Briefe, oder wollte er die Morde nur mit jemanden teilen, um sein Gewissen zu erleichtern? Suchte der Täter die Herausforderung? Wollte er sich mit ihr messen, um zu wissen, wer der oder die Bessere von ihnen war? Frau Mey vermutete, dass von allen etwas auf die Botschaften zu traf. Bewunderte er sie oder wollte er sie nur verunsichern, damit sie ihn nicht schnappen konnte? Falls das sein Plan war, so lief der

Täter in eine Sackgasse. Eines Tages würde er einen Fehler machen, egal wie vorsichtig er auch war, früher oder später machten sie fast alle Fehler und dieser Fehler, würde ihm das Genick brechen.

Am nächsten Morgen rief Herr Steinberg Frau Mey und Herrn Baumann zu sich ins Büro. Herr Steinberg war ein etwas stabiler Kerl, mit einem Kahlkopf, auf dem nur noch ein 2 Cm breiter Haarkranz zu erkennen war. Eine dicke Hornbrille saß ihm auf der Nase, während eine Havanna zwischen seinen Lippen glühte. Er saß hinter einem schwarzen Schreibtisch, während seine Finger in der Akte blätterten, die sämtliche Fakten zum Fall des Rattenrippers enthielt. Als Herr Baumann und seine Kollegin eintraten, sah er von der Akte auf und sagte: „Guten Tag Kollegen kommen Sie rein und setzen Sie sich."

„Guten Morgen Chef.", erwiderte Frau Mey, während sie Platz nahm.

„Also was haben Sie Beide bis jetzt herausgefunden?“, fragte Herr Steinberg.

„Wir wissen, dass es sich um einen männlichen Täter mit kurzen schwarzen Haaren handelt. Er ist im Besitz eines Teledat Betäubungsgewehrs, und ist am 15 November diesen Jahres in die Tierarztpraxis am Hohem Wall eingebrochen, wo er 20 Flaschen des Tierbetäubungsmittels Pentobarbital entwendet hat. Der Täter fährt einen schwarzen 5erBMW Touring mit getönten Scheiben, er scheint eine professionclle Kameraausrüstung zu besitzen. Es handelt sich hundertprozentig um einen Einzeltäter, in seinem Kleiderschrank hängt mindestens ein schwarzer Rollkragenpullover aus Baumwolle. Zudem hat der Täter zu Hause einen Farblaserdrucker von Canon Model CANON i-SENSYS LBP 7018C A4 Farblaserdrucker 4ppm Farbe 16ppm SW 2400x600 dpi. Bei den Ratten handelt es sich um Wanderratten, wie sie in der Kanalisation zu Hunderttausenden vorkommen. Der Täter scheint ein gestörtes Verhältnis zu Frauen zu haben, da er sie in seinen Nachrichten grundsätzlich als Es bezeichnet.", schloss Herr Baumann seinen Bericht.

Herr Steinberg sah von seiner Akte auf, schaute Herr Baumann in die Augen und erwiderte: „Schön das alles steht bereits in der Akte, Ich meine haben Sie sonst noch etwas, eine Personenbeschreibung, Fingerabdrücke oder das Nummernschild des Wagens?"

„Leider nicht.", antwortete Herr Baumann.

„Haben Sie wenigstens eine Erklärung, warum die Ratten die Frauen angegriffen haben?", fragte Herr Steinberg.

„Auch nicht, es gäbe zwar eine Möglichkeit, aber im Blut der Ratten wurden weder Chemikalien noch Autoabgase oder ähnliches gefunden.", erwiderte Frau Mey.

Herr Steinberg stieg die Zornesröte ins Gesicht, er schlug mit der Faust so kraftvoll auf den Schreibtisch, dass der Locher sowie der Tacker zu wackeln begannen, dann schrie er: „Was machen Sie beide den ganzen Tag verdammt noch mal? Wofür werden Sie bezahlt? Wir haben wahrscheinlich ein weiteres Opfer, und wenn ich die Sachlage weiter betrachte, scheint der Kerl Interesse an Ihnen zu haben Frau Mey. Ich sollte Ihnen beiden den Fall wegnehmen. Am besten ist es wohl, wenn zwei Ihrer Kollegen den Fall weiter bearbeiten. Sein Adamsapfel hüpfte auf und ab, während sein Gesicht rot anlief. Seine Halsschlagader schwoll so stark an, dass sie jede Sekunde zu platzen drohte.

„Chef wir tun alles was in unseren Kräften steht.", erwiderte Frau Mey, „Wir benötigen einfach noch ein wenig Zeit."

„Mehr Zeit, ich glaube ich höre nicht recht, Sie beide haben mehr als genug Zeit gehabt. Was ist mit dem Umfeld des Opfers, Familienangehörige, Freunde, Arbeitskollegen? Irgendeinen Verdacht oder einen Hinweis?", fauchte Herr Steinberg.

„Leider nein, aber wir haben wahrscheinlich einen Mord auf der CD, ich würde vorschlagen, dass wir uns den Film gemeinsam anschauen, sobald die Spurensicherung mit ihm fertig ist..“, sagte Frau Mey.

„Chef wir stehen kurz davor den Fall aufzuklären.“, fügte Herr Baumann hinzu.

„Davon sehe ich aber nichts.“, brüllte Herr Steinberg. „Ich sag Ihnen was, Frau Mey Sie sind raus, der Täter hat Ihre Adresse herausbekommen, wahrscheinlich hat er Sie als nächstes Opfer ausgesucht. Sie werden Polizeischutz erhalten. Am Besten wäre es wenn Sie ein paar Tage wegfahren, zumindest bis wir den Fall aufgeklärt haben.“

„Herr Steinberg, ich bitte Sie mir den Fall nicht wegzunehmen, von mir aus geben Sie mir Polizeischutz, aber bitte lassen Sie mich weiter an dem Fall arbeiten.“, sagte Frau Mey.

„Na gut ich will nicht so sein, aber Sie erhalten Polizeischutz. Ich gebe Ihnen beiden noch eine Woche, wenn Sie bis dahin den Fall nicht gelöst haben, sind Sie beide raus verstanden?“, fragte Herr Steinberg.

„Verstanden Boss.“ , sagte Herr Baumann.

„Sie Beide können jetzt gehen.“, erwiderte Herr Steinberg.

Kapitel 15
Ein Leichenfund

Zwei Tage nachdem Frau Mey die Nachricht des Killers erhalten hatte, lag der Bericht der Spurensicherung auf ihrem Schreibtisch. Sie studierte ihn minutenlang, doch neue Erkenntnisse hatte die Untersuchung des Briefes, sowie des Umschlages und des Rohlings nicht gebracht. Was sie jetzt zusätzlich wussten, war, dass der Täter auch einen roten Pullover aus Baumwolle in seinem Kleiderschrank hatte. Fingerabdrücke waren weder auf dem Papier noch auf dem Kuvert oder der CD gefunden worden. Die Nachricht war mit demselben Farblaserdrucker ausgedruckt worden, wie die vorangegangene Nachricht. Wenn ihr Vorgesetzter erfuhr, dass sie in dem Fall noch nicht vorangekommen waren, würde er einen Tobsuchtsanfall bekommen. Hatte der Täter die Frau in ihren vier Wänden ermordet? Oder bei sich zu Hause? In beiden Fällen war er wie schon beim ersten Opfer sehr präzise vorgegangen. Er war vorsichtig und sich seiner Sache sicher. Er verstand es, Spuren zu verwischen und die

Tatsache, dass nie Zeugen vor Ort waren, bewies Frau Mey, dass sie es mit einem Profi zu tun, hatten. Aber selbst dem erfahrensten Sportler unterliefen Fehler, die ihm aus dem Wettkampf warfen. Fehler waren menschlich und Frau Mey kannte keinen, der fehlerlos war. Und diese Drecksau würde auch keine Ausnahme machen. Früher oder später würde er einen Fehler machen, der ihm das Genick brach. Die Kommissarin nahm einen Schluck Kaffee, was sollte sie tun? Die Frau war bisher nicht als vermisst gemeldet worden und solange man ihre Leiche nicht gefunden hatte, konnte man nicht von einem Mord sprechen. Dass sie selbst zur Zielscheibe des Mörders wurde, störte sie nicht. Es war ihr lieber, selbst in seine Fänge zu geraten, als wenn eine weitere Unschuldige starb. Sie wusste immerhin, wie sie sich ihm gegenüber zu verhalten hatte, und sie hatte Kollegen, die sie nicht aus den Augen ließen. Wenn der Täter vorhatte sie zu entführen, um ihr dasselbe anzutun, würde ihm das zum Verhängnis werden. Sie nahm noch einmal die Akte des ersten Opfers aus der Schublade und sah sie durch, hatten sie und ihr Kollege etwas übersehen? Sie glaubte nicht, aber es wäre möglich. Frau Meys Blick schweifte zum Fenster, dicke Flocken Schnee tanzten vor der Scheibe und hüllten die Welt in weißes Gewand. Heute Nachmittag würden viele Kinder einen Schneemann bauen oder eine wilde Schneeballschlacht veranstalten. Als Kind hatte sie diese Jahreszeit immer geliebt, besonders schön fand sie es immer, wenn sie mit ihrem Vater von einer Schneeballschlacht in die warme Stube kam, in der es nach Zimt und Bratäpfeln duftete. Ihre Mutter hatte überall Kerzen angezündet und auf dem Tisch standen drei Tassen mit heißem Tee oder heißer Schokolade. Im Plattenspieler lief Merry Christmas und sie setzen sich gemeinsam hin, um den Klängen der Musik zu lauschen. Das war neben dem Heiligabend, eines der schönsten Abende in der Vorweihnachtszeit. Ein Klopfen riss Frau Mey aus ihren Gedanken.

„Herein.", rief sie.

Herr Baumann kam in ihr Büro und sagte:"Frau Mey im Stadewäldchen an der

Saarlandstraße ist eine tote Frau gefunden worden. Laut der Personenbeschreibung der Kollegen, scheint es sich dabei um das zweite Opfer unseres Freundes zu handeln."

Frau Mey begleitete ihren Kollegen nach draußen, was würden sie vorfinden? Bis jetzt kannte sie nur den Bericht der Spurensicherung.

Fünf Minuten nachdem sie losgefahren waren, erreichten die Polizisten den Tatort. Ein Beamter der Schutzpolizei kam ihnen entgegen und führte sie unter ein rot-weiß gestreiftes Absperrband zur Fundstelle, wobei er sagte: „Es handelt sich um eine 1,65 m große Frau mit langen schwarzen Haaren. Wie schon bei vorherigem Opfer fehlen sämtliche Kleidungsstücke, auch haben wir bis jetzt keine Fingerabdrücke oder ähnliches finden können."

„Wer hat die Leiche gefunden?", fragte Herr Baumann.

„Ein älteres Ehepaar, sie haben uns von der nächsten Telefonzelle aus angerufen. Sie heißen Friede und Wilfried Kaufmann. Sie waren wie sie selbst sagten wie jeden Morgen ein wenig spazieren."

Das Ehepaar stand etwa fünf Meter vor der Absperrung, Frau Mey vermutete das der Mann zwischen 70 und 80 Jahre alt war, er trug einen langen braunen Mantel, mit einer beeschen Cordhose, sie ging auf das Paar zu, streckte ihnen die Hand entgegen und sagte: „Guten Tag mein Name ist Frau Mey, ich arbeite für Kripo und Sie sind?"

Der Mann ergriff die Hand der Polizistin und sagte: „Angenehm Frau Mey mein Name ist Kaufmann und die Dame neben mir ist meine Frau."

Frau Mey reichte Frau Kaufmann ebenfalls die Hand und sagte:"Haben Sie beide Ihren Personalausweis dabei?"

Herr Kaufmann griff in die Innentasche seines Mantels, während seine Frau ihre Handtasche öffnete, und anfing darin herumzuwühlen. Er zog ein schwarzes Portemonnaie hervor, öffnete es und reichte Frau Mey seinen Ausweis. Frau Mey nahm ihn entgegen, betrachtete ihn und sagte: Herr Kaufmann Sie sind 88 Jahre alt und wohnen in der Kronenstraße 48.“

„Das ist richtig.“, erwiderte Herr Kaufmann.

„Sie sind Rentner, was haben Sie heute im Park gemacht?“, fragte Frau Mey.

„Wir waren spazieren, wie jeden Tag, wir sind gern an der frischen Luft.“, antwortete Herr Kaufmann.

Frau Mey konnte die Fassungslosigkeit in ihren Gesichtern sehen. Frau Kaufmann schien einen Schock zu haben, deshalb fuhr Frau Mey fort: „Frau Kaufmann ist mit Ihnen alles in Ordnung? Benötigen Sie einen Arzt?“

„Nein ich brauche keinen Arzt mir gehts gut, in was für einer Welt leben wir eigentlich?“, antwortete Frau Kaufmann.

„Fühlen Sie beide sich dazu imstande morgen früh um 9:00 Uhr in mein Büro zu kommen?“, fragte Frau Mey.

Herr Kaufmann nickte.

Frau Mey überlegte, ob sie etwas darauf erwidern sollte, der Satz lag ihr auf der Zunge, hielt ihn dann aber doch zurück, weil sie fand, dass es der Situation nicht angemessen war.

Während Frau Mey sich um das Ehepaar kümmerte, nutze ihr Kollege die Zeit, um sich die Leiche genauer anzusehen. Als sie das Gesicht der Toten sah, traute er seinen Augen nicht. Die Frau sah genau so aus wie die Frau in dem Video, welches Frau Mey bekommen hatte. Getrocknetes Blut klebte an ihrem Mund, der wie, um die Szene zu unterstreichen, zu einem Schrei geöffnet war.

Selbst in ihren grünen Augen glaubte Herr Baumann noch, das Entsetzen lesen zu können. An den Lippen konnte er winzige Blutspuren sicherstellen. Handelte es sich um Rattenblut? Hatte sich das Tier verletzt? Oder war das, dass Blut des Opfers. Auf dem Video war ihnen nichts aufgefallen und das, obwohl sie den Film fast ein Dutzend Mal gesehen hatten. Die Frau war wie das erste Opfer splitterfasernackt, was hatte der Täter mit ihren Kleidern angestellt? Hatte er sie als Trophäe aufbewahrt, um eine Erinnerung an sic zu habcn? Odcr hattc cr sic vcrbrannt odcr weggeworfen? Beim ersten Mord waren dutzende Spürhunde eingesetzt worden, doch gefunden hatten sie außer den Faserspuren am Tatort nichts. Und wahrscheinlich würden sie auch hier nichts finden. Sein Boss würde ihnen die Hölle heißmachen, er war schon auf hundertachtzig, da sie bis nicht mal den leisesten Verdacht hatten. Herr Baumann entdeckte winzige Haarspuren, es handelte sich um schwarzes kurzes Haar, genau wie beim ersten Mord. Er war sich sicher, dass es sich bei den Haaren und Hautpartikeln um dieselben Spuren handelte, die sie bereits beim ersten Opfer sicherstellen konnten. Doch Gewissheit würden sie erst nach der Obduktion und dem Bericht der Spurensicherung bekommen. Zumindest mussten sie bei diesem Opfer nicht erst auf eine Nachricht des Täters oder den Bericht der Gerichtsmedizin warten, um es zu identifizieren. Ein einfaches Foto in den Medien und schon wäre die Sache geritzt. Irgendjemand würde die Frau schon kennen. Abgesehen von der fehlenden Zunge, fand Herr Baumann einen kleinen Einstich in ihrem rechten Schulterblatt, woraus er schloss, dass der Täter sie auf dieselbe Art und Weise unschädlich gemacht hatte wie sein erstes Opfer. Er selbst schätzte, dass die Frau nicht älter als 35 Jahre war.

Die Polizisten waren so in ihre Arbeit vertieft, dass sie gar nicht merkten, dass in unmittelbarer Nähe ein schwarzer 5er BMW Touring mit getönten Scheiben vorbeifuhr.

Kapitel 16
In Gefahr

Im Neubaugebiet am Mühlenweg Nr. 5 stand ein schwarzer 5er BMW Touring mit getönten Scheiben. Die Sträucher und Zweige einer Fichte boten dem Fahrer einen hervorragenden Sichtschutz, während er die gesamte Straße überblicken konnte. Vor Frau Meys Haus stand ein BMW, Farbe und Marke waren bei der Dunkelheit nicht zu erkennen. Aber das störte ihn nicht. Die beiden Bullen würden eine Überraschung erleben. Hatten diese Stümper wirklich geglaubt, dass er nicht Bescheid wusste. Bisher hatte er jeden ihrer Schritte vorausgesehen und auch, dass Frau Mey Polizeischutz erhielt, kam für ihn nicht überraschend. Es wunderte ihn nur, dass man sie nicht vom Fall abgezogen hatte. Wie hatte ihr Vorgesetzter reagiert, als er von der zweiten Toten erfahren hatte? Hatte er Frau Mey und ihrem Kollegen Herrn Baumann den Arsch aufgerissen? Wahrscheinlich. Sie standen mit Sicherheit unter ganz schönem Druck. Ein Lächeln umspielte sein Gesicht, was würde mit

Herrn Baumann passieren, wenn sein Chef erfuhr, dass Frau Mey in seine Hände gefallen war. Das würde dem Stümper das Genick brechen. Oder glaubten Frau Mey und ihr Kollege, dass diese zwei Bullen da vor ihrem Haus ihn an seinem Vorhaben hindern konnten? Das war lächerlich, die Beiden würden genauso scheitern wie Frau Mey und Herr Baumann. Viktor betätigte den Knopf für die linke Seitenscheibe und ließ sie um ein paar Zentimeter herunter, gerade so weit, dass der Schalldämpfer hindurchpasste. Er schob den Lauf ein paar Millimeter durch den Schlitz, kniff ein Auge zu und zielte. Jede Faser seines Körpers stand unter Spannung. Er hatte nur einen Versuch, wenn der fehlschlug, war sein Vorhaben gescheitert und er würde den Rest seines Lebens in einer Zwei mal zwei Meter großen Zelle mit Gittern vor den Fenstern verbringen. Dann konnte er bis zum Ende seiner Tage Scheiße von Blechtellern fressen. Mit dem eingebauten Laservisier war es nahezu unmöglich zu verfehlen. Viktor hatte den Kopf des Polizisten genau im Visier, als sich sein Finger um den Abzug krümmte. Das Herz schlug ihm bis zum

Halse, als die Kugel mit einem leisen Zischen den Lauf verließ. Ein Klirren und Viktor sah, wie sich der Kopf des ersten Polizisten nach vorn neigte und auf dem Lenkrad zu liegen kam.

Herr Schmidt rutschte ein paar Zentimeter nach unten, während eine Kugel haarscharf über seinen Kopf hinweg flog. Herr Schmidt griff nach dem Funkgerät, während er mit der anderen Hand seine Pistole zog.

„Zentrale Beamtin Sintisch was kann ich für Sie tun?", meldete sich eine Stimme am anderen Ende der Leitung.

„Beamter Schmidt hier Dienstnummer 354 , Heckenschütze im Mühlenweg. Beamter verwundet, bitte schicken Sie umgehend einen Notarzt sowie ein paar Einheiten Verstärkung. Ende."

Eine weitere Kugel traf den rechten Vorderreifen, Herr Schmidt vernahm das

Zischen austretender Luft, während er die Beifahrertür öffnete, um hinter dem Wagen in Deckung zu gehen.

Sein Atem rasselte, was sollte er tun? In der Dunkelheit war der Täter nicht zu erkennen. Die Schüsse kamen aus südwestlicher Richtung, aber woher sie genau kamen, war bei der Dunkelheit nicht erkennen. Zu leicht könnte eine Kugel einen Unschuldigen treffen. Der Täter musste ein Nachtsichtvisier haben, denn die Schüsse waren mit erstaunlicher Genauigkeit abgegeben worden. Herr Schmidt robbte den Wagen entlang. Warum war es so still? Wo war der Täter, hatte er die Position gewechselt? Wo blieben die Kollegen? Sie müssten doch längst hier sein. Oder? Herr Schmidt setzte einen Fuß auf den Boden, um dic Umgebung auszuspähen. Seine Kehle war wie zugeschnürt, kalter Schweiß lief seinem Nacken hinunter. Das Herz schlug ihm bis zum Halse, als er den Kopf hob, um über die Motorhaube zu blinzeln. Eine Sekunde später, entglitt die Waffe seinen Händen und sein Körper fiel wie ein nasser Sack zu Boden.

Viktor hielt den Atem an und wartete, was war, wenn er die Bullenschweine nicht getötet, sondern nur verwundet hatte? Dann könnten sie ihn von hinten in den Rücken schießen, sobald er aus der Deckung hervorkam. Viktor schaute sich um, doch in keinem der Häuser brannte Licht, es schien also keiner etwas bemerkt zu haben. Viktor nahm sein Betäubungsgewehr aus dem Auto und setzte sich in Bewegung. Zum Glück hatte sein Wagen nichts abbekommen, sonst wäre es für die Bullen ein Leichtes gewesen ihn ausfindig zu machen. Viktor stieg Stufen zu Frau Meys Haus hoch, drückte auf den Klingelknopf und ging, so schnell ihn seine Beine trugen, hinter dem Polizeiwagen in Deckung. Noch ein paar Handgriffe und schon hatte er den richtigen Druck eingestellt. Sekunden später öffnete sich die Haustür und Frau Mey trat nur mit einem Bademantel bekleidet nach draußen. Sie schaute sich um, konnte aber niemanden entdecken. Waren um die Uhrzeit noch Kinder unterwegs, die Klingelmännchen spielten? Wohl kaum, außerdem wären sie von ihren

Kollegen entdeckt und zur Rechenschaft gezogen worden. Als sie sich gerade wieder umdrehen wollte, vernahm sie einen Stich in der Bauchgegend. Ihre Finger tasteten in der Dunkelheit nach dem Gegenstand, welcher sie getroffen hatte, kurz darauf schwanden ihr die Sinne.

Kapitel 17
Am Tatort

Die Polizeibeamten Herr Baumann und Herr Fellkamp trafen um 23:30 Uhr am Tatort ein. Herr Baumann schaltete die Taschenlampe ein, damit er genug sehen konnte. Schon vom Weiten sah er, dass etwas nicht stimmte. Herr Schmidt hatte den Kopf gegen die Seitenscheibe gelehnt und ein Tropfen Blut klebte an dieser. War er Opfer eines Attentats geworden? War Frau Mey noch am Leben? Hatte sie sich verletzt? Herr Baumann hatte vor zehn Minuten noch mit ihr gesprochen. Aber weder auf dem Weg zum Tatort noch hier konnte er ein verdächtiges Fahrzeug ausmachen. Langsam näherte sich Herr Baumann dem Wagen, ein kurzer Blick durch die Seitenscheibe genügte ihm, um zu wissen, dass er mit seiner Vermutung recht hatte. In Herrn Hackenforts Kopf befand sich ein rundes 8mm großes Loch, von welchem ein Rinnsal Blut herunter gelaufen war. Herr Baumann eilte um das Fahrzeug herum, hinter dem Fahrzeug lag Herr Schmidt mit einem Loch in der Stirn. Herr Baumann musste schlucken, beide waren absolut erfahrene und pflichtbewusste Kollegen gewesen, wer auch immer ihren Tod zu verantworten hatte, Herr Baumann würde nicht eher ruhen, bis er den Täter zur Rechenschaft gezogen hatte. Was war mit Frau Mey? War sie noch am Leben oder war sie ebenfalls ermordet worden? Und falls ja wer war der Täter? War es derselbe Mann, der die Frau in der Kanalisation sowie die Frau im Park auf dem Gewissen hatte? Warum hatte Frau Mey nicht die Polizei gerufen oder war ihren Kollegen zur Hilfe geeilt? Hatte der Täter einen Schalldämpfer benutzt? Wahrscheinlich, sonst wäre die halbe Nachbarschaft über den Mord informiert worden und ein Profi ging so ein Risiko nicht ein. Es standen keine Schaulustigen auf der Straße und in keinem der Häuser brannte Licht. Und das, obwohl hier vor gerade mal 15 Minuten ein Doppelmord geschehen war. Herr Baumann eilte zu seinem Wagen zurück und verständigte die Zentrale. „Kriminalpolizei Dortmund Frau Sintisch Guten Tag.", meldete sich eine Stimme am anderen Ende.

Herr Baumann musste schlucken und zögerte einen Moment, er brauchte ein wenig um die Fassung wieder zu erlangen. Er schloss die Augen, holte zweimal tief Luft bevor, er sagte: „Guten Tag Beamter Baumann hier, Dienstnummer 3045689. Doppelmord am Mühlenweg 5, ich wiederhole Doppelmord am Mühlenweg 5. Beamte Hackenfort und Beamte Schmidt ermordet, bitte schicken Sie unverzüglich ein paar Beamte der Spurensicherung vorbei. Ende.“

Herr Baumann lief ungeduldig auf und ab. Wo blieben die Kollegen? Sonst waren sie doch auch zur Stelle, wenn jemand in Gefahr schwebte. Er schaute auf seine Uhr und stellte überrascht fest, dass seit seinem Anruf gerade erst zwei Minuten vergangen waren. Ihm selbst kam es wesentlich länger vor.

 Die Kollegen trafen rund 30 Minuten nach Herrn Baumanns Anruf am Tatort ein. Herr Baumann lief ihnen entgegen und sagte: „Guten Tag Kollegen, Herr Hackenforth und

Herr Fellkamp sind ermordet worden, sieht nach einem Attentat aus. Frau Mey die Bewohnerin dieses Haus ist wahrscheinlich gekidnappt worden. Ich gehe davon aus, dass sie in Lebensgefahr schwebt und gerade deshalb müssen wir so schnell wie möglich handeln. Vor einer halben Stunde erreichte uns ein Anruf von Herrn Schmidt, er bat um Verstärkung, da ein Heckenschütze auf sie geschossen hat, leider sind wir aber nicht mehr rechtzeitig eingetroffen. Als mein Kollege und ich eintrafen, war alles schon gelaufen. Wir haben weder etwas verdächtiges gesehen noch gehört. Frau Mey wurde aber seit einiger Zeit von jemanden bedroht. Ich vermute, dass es sich bei dem Herrn um den Rattenripper handelt, da er Frau Mey immer wieder kontaktiert hat, seit wir an dem Fall arbeiten."

Herr Hackenforth starrte seinen Kollegen über die dunkle Hornbrille hinweg an. Sagte aber kein Ton, das brauchte er auch nicht, denn sein Blick sagte mehr als Worte. Was seid ihr für verdammte Stümper, schien der Blick Herr Baumann mitzuteilen. Der Kommissar blickte zu Boden, er musste seinen Kollegen recht geben. Sie hatten nichts in der Hand, um den Täter zu überführen. Noch nicht mal eine genaue Personenbeschreibung oder das Nummernschild, des 5er BMW Touring. Sie hatten einen verdammten Scheißdreck. Zwischen den beiden ersten Opfern hatte es keine Verbindung gegeben. Sie kannten sich nicht einmal und auch das Verhör mit den Angehörigen der zweiten Toten hatte keine neuen Erkenntnisse gebracht. Er hatte versagt und es war seine Schuld, dass sich Frau Mey in den Händen dieser Drecksau befand. Hätte er doch bloß nicht seiner Kollegin den Rücken gestärkt, als sie ihrem Vorgesetzten darum gebeten hatte, weiter an dem Fall zu arbeiten. Warum hatte er das getan? Weil er davon überzeugt gewesen war, dass sie den Täter schnappen würden, bevor er zu schlagen konnte. Doch sie hatten sich geirrt. Wenn seiner Kollegin etwas zustoßen sollte, so war es allein seine Schuld. Er war für ihre Sicherheit verantwortlich. Er hatte noch nie einen Partner im Stich gelassen, doch dieses Mal hatte er versagt. Vielleicht war es an der Zeit abzutreten, um einem jüngeren Beamten Platz zu machen. Herr Hackenforth ließ Herrn

Baumann wie einen begossenen Pudel vor der Absperrung, stehen um sich dem Sichern möglicher Spuren zu widmen. Ein weiterer Kollege war damit beschäftigt eine Nachbarin zu verhören. Herr Baumann schätzte, dass die Frau die Neunzig weit überschritten hatte. Hatte die Dame etwas gesehen? Etwas, dass ihn und seine Kollegen auf die richtige Spur brachte? Sie musste etwas geschehen haben verdammt noch mal, seine Kollegin schwebte wahrscheinlich in Lebensgefahr, während sie hier wie aufgescheuchte Hühner herumliefen. Herr Baumann sah, wie Herr Hachkenforth sein Funkgerät vom Gürtel nahm und sagte: „Polizeibeamter Hackenforth, Dienstnummer 401 54 305 bitte leiten Sie umgehend eine Fahndung ein, wir suchen einen schwarzen 5er BMW Touring mit getönten Scheiben, Kennzeichen DO- VH 666. Ich wiederhole, Schwarzer 5er BMW Touring Kennzeichen DO-VH 666.“

Herr Baumann atmete auf, sie hatten eine Spur, hoffentlich war es für seine Kollegin nicht schon zu spät.

Kapitel 18
An einem unbekannten Ort

Frau Mey erwachte in einem schwarzen Bett aus Metall. Wo war sie? Wie war sie hierhergekommen? Sie wusste es nicht, ihre Schulter schmerzte. Ihr Kopf dröhnte, als würde ein Güterzug darin herumfahren, was war in den vergangen Stunden geschehen? Sie schloss die Augen, als sie sie wieder öffnete, ließ das Hämmern ein wenig nach. Frau Mey drehte den Kopf nach links, konnte aber nicht wirklich etwas erkennen, verschwommen nahm sie eine weiße Wand wahr. Jedoch würde sie keinen Cent darauf verwetten, dass es sich bei dem was sie sah wirklich, um eine Wand handelte. Ihr Schädel fühlte sich an, als wäre er 30 Kilo schwer. Fremde Geräusche drangen an ihre Ohren, um was es dabei handelte, war für sie nicht auszumachen. Frau Mey fühlte sich leicht wie in einem Traum, fast so als würde sie durch eine unbekannte Dimension schweben. An ihren Lidern schienen zentnerschwere Zementsäcke zu hängen. Ihr Verstand arbeitete im Schneckentempo. Als die Wirkung des

Betäubungsmittels nachließ, kehrte ihr Erinnerungsvermögen zurück. Sie arbeitete an einem Fall, zwei Frauen waren auf bestialische Weise von Ratten zerfressen worden. Dem Täter war es gelungen, Ratten auf Frauen abzurichten, sodass die Nager Frauen gezielt angriffen. Doch wie so etwas möglich war, entzog sich ihrer Kenntnis, soweit sie wusste, konnte man Ratten nicht wie einen Hund abrichten. Der Täter hatte mit ihr Kontakt aufgenommen. Er hatte ihr zwei DVD Rohlinge geschickt, seine Taten hatte er auf Video festgehalten. Frau Mey versuchte aufzustehen, traf jedoch schon im Ansatz auf Widerstand. Sie senkte den Kopf und musste zu ihrem Entsetzen feststellen, dass sie mit Ledergürteln am Bett festgebunden war. Was hatte das zu bedeuten? Wer hatte ihr das angetan? Der Rattenripper schoss es ihr durch den Kopf, hatte der Rattenripper sie hier hergebracht? Was hatte er mit ihr vor? Wollte er sie auf dieselbe Weise töten, wie seine ersten beiden Opfer? Was war mit den Kollegen geschehen, die sie beschützen sollten? Waren sie zu einem Einsatz gerufen worden, oder hatte man sie ausgeschaltet? Was war mit Herrn Baumann, arbeitete er noch an dem Fall und hatte er eine Spur? Eine Spur, die ihn noch rechtzeitig hierher brachte, um sie zu retten? Frau Mey hob den Kopf, soweit es die Fesseln zuließen und sah eine schwarze Kamera, eine Nikon, die auf einem Stativ stand. Ein leuchtend rotes Lämpchen sagte ihr, dass die Kamera eingeschaltet war. Wie lange lief die Kamera schon? Der Täter musste sie bereits eingeschaltet haben, als er sie ans Bett gefesselt hatte. Oder direkt danach? Auf jeden Fall, noch bevor sie das Bewusstsein wiedererlangt hatte? Wie lange war sie bewusstlos gewesen? Zehn Minuten oder mehrere Stunden? Sie vernahm Schritte, jemand kam, wer war das? War das der Täter? War das hier sein Haus? Oder nur sein vorübergehender Unterschlupf? Die Schritte wurden deutlicher, bis sie verstummten. Frau Mey lauschte angestrengt, versuchte selbst das leiseste Geräusch, wie das Rauschen der Blätter im Wind wahrzunehmen. Doch sie vernahm nichts, nicht mal Atem oder auch nur das Fallen einer Stecknadel. Es schien fast so, als hätte die Zeit mit einmal aufgehört zu existieren. Sie vernahm das Klimpern eines

Schlüssels, der ins Schloss gesteckt wurde. Frau Mey drehte den Kopf nach links und sah, dass jemand die Klinke nach unten drückte. Die Tür schwang auf und ein großer, schlanker Mann mit kurzen schwarzen Haaren trat ins Zimmer. Seine grauen Augen schauten auf Frau Mey herab wie auf ein lästiges Insekt, ein gefährliches, das schnellstens zerquetscht werden musste. War das der Mann, den sie suchten? War er der Rattenripper? In der rechten Hand trug er einen Käfig aus Metall. Frau Mey erschauderte, als sie sah, dass sich in seinem Innerem eine braune Ratte befand. Sie schätzte ihre Größe auf gut 20 cm, wenn nicht sogar mehr. Was konnte sie tun? Kalter Schweiß floss ihren Nacken hinab, es dauerte nur Minuten, bis das Bettlaken vor Schweiß ganz feucht war. Sie ballte die Hände zu Fäusten, wobei sie ihren Peiniger keine Sekunde aus den Augen ließ. Wo blieben die Kollegen? Warum kamen sie nicht? Sie mussten doch inzwischen einen Hinweis haben oder? Sie wohnte in einer großen Nachbarschaft und irgendjemandem musste etwas aufgefallen sein. Doch was war, wenn niemand etwas bemerkt hatte? Dann war sie verloren. Bisher hatte der Killer keine Fehler gemacht, warum sollte er jetzt einen begannen haben? Dafür hatte sie keine Erklärung. Er hatte sie spät abends überfallen, als es schon dunkel gewesen war. Hatte der Täter sie beobachtet? Wie lange hatte er sie beschattet, hatte er sie bereits beobachtet, als sie mit Herrn Baumann angefangen hatte den Fall zu bearbeiten, oder erst später? Wie viel hatte er in der Zeit über sie in Erfahrung gebracht? Kannte er ihre Hobbys? Ihre Freunde? Schwebten ihre Freunde in Gefahr? Sie hoffte nicht, sollten die Ratten sie doch fressen, lieber würde sie sich selbst verspeisen lassen, als dass einem ihrer Freunde oder Bekannten dieses Vergnügen zu Teil wurde. Viktor stellte den Käfig auf ihren Bauch, während er mit der rechten Hand die Pforte des Zwingers öffnete. Frau Mey schlug das Herz bis zum Hals. Wie gebannt schaute sie auf die Rattc, die aus ihrem Käfig gekrochen kam. Barthaare kitzelten ihren Bauch, als der Nager den Kopf senkte, um sie zu beschnuppern. Die Polizistin verzog angewidert das Gesicht. Lief die Kamera mit und hatte er vor ihrem Partner einen Rohling zu schicken, auf dem sie zerfleischt wurde? Die Ratte hob den Kopf und starrte Fau Mey mit ihren schwarzen Augen an. Sie stellte sich auf die Hinterpfoten, streckte die Nase in die Luft, als ob sie etwas Bestimmtes witterte, und kehrte in den Vierfüßlerstand zurück. Frau Meys Magen zog sich zusammen, ihr Abendbrot wollte auf demselben Weg hinaus, auf dem es in ihrem Körper hineingelangt war. Ihr Bauch wurde ganz warm, als der Nager seine Blase entleerte. Frau Mey begann zu würgen, der Geruch des Urins schien den ganzen Raum einzunehmen. Ein stechender Schmerz fuhr ihr in den Unterleib, als sich die Zähne des Nagers in ihr Fleisch bohrten und ein Rinnsal Blut ihre linke Seite hinab lief.

Kapitel 19

Beim Haus

Vor einem kleinen weißen Haus in der Weststraße herrschte ein riesen Aufgebot an Polizisten. Sechs Polizisten hatten sämtliche Zufahrten abgesperrt, um eventuelle Schaulustige fernzuhalten. Nachbarn und Anwohner in unmittelbarer Umgebung des Hauses waren evakuiert und in Notunterkünfte gebracht worden. Auf Dächern hinter Autos und Büschen waren Scharfschützen postiert, die das Haus keine Sekunde aus den Augen ließen. Am Himmel zog ein Hubschrauber seine Kreise, um die Situation zu überwachen. Herr Baumann saß mit dem Einsatzleiter in einem Bulli bei einer Tasse Kaffee, um die Vorgehensweise zu besprechen.

„Wir sind uns einig, dass wir nur stürmen werden, wenn alle anderen Versuche den Täter zur Aufgabe zu bringen scheitern oder?", fragte Herr Schmitz.

Herr Baumann nickte.

„Ich habe hier die Verantwortung, und deshalb erwarte ich von Ihnen, dass Sie meinen Anordnungen folgen, auch wenn es sich dabei um Ihre Kollegin handelt, haben wir uns verstanden?“

Herr Baumann nickte.

Herr Schmitz griff zum Funkgerät und sagte: „Team eins wie sieht es bei Ihnen aus?

„Hier Team Eins wir sind auf Position, keine verdächtigen Vorkommnisse.“

„Team Zwei erbitte Lagebericht.“, rief Herr Schmitz.

„Hier Team Zwei alles ruhig, es ist niemand zu sehen.“

„Team Drei bitte melden Sie sich.“

„Team Drei meldet keine verdächtigen Aktivitäten, Ende.“

„Team Vier bitte melden.“

„Keine besonderen Vorkommmnisse.“, meldete der Pilot.

Herr Baumann nahm einen Schluck Kaffee, aus seinem Plastikbecher, bevor er fragte: „Ich möchte gerne wissen, was sie zu tun gedenken. Meine Kollegin schwebt in Lebensgefahr.“

„Dass sic in Lebensgefahr schwebt, ist nicht sicher, bisher haben wir keine Anzeichen dafür dass sie noch am Leben ist, aber wir haben ebenso wenig Hinweise darauf, dass sie tot ist.“

„Wir sollten mit dem Täter Kontakt aufnehmen.“, sagte Herr Baumann.

„Das weiß ich selber, sparen Sie sich Ihre Ratschläge, wenn Sie nichts konkretes mit zu teilen haben.“

„Und wie wollen Sie das anfangen?.“

„Sie werden ihm ein Funkgerät vor die Tür legen, den Rest lassen Sie meine Sorge sein."

Herr Baumann lief auf das Haus zu. Ein mulmiges Gefühl beschlich ihn, was war, wenn sie zu spät waren? Seine Kollegin könnte bereits tot sein und das nur, weil der Einsatzleiter beschlossen hatte, mit dem Täter zu verhandeln, anstatt zu stürmen. Eine Sekunde lang, spielte er mit dem Gedanken, durch den Keller ins Haus einzudringen, um seine Kollegin zu retten. Herr Baumann verdrängte den Gedanken, wenn er das wagte, konnte er sich auf ziemlichen Ärger einstellen, und wenn er Pech hatte, durfte er dann bis zur Pension einen Stuhl mit seinem Arsch polieren. Herr Baumann stieg die grauen Stufen aus Stein hinauf und legte das Handy auf die Fußmatte. Hoffentlich lief alles glatt, wenn seine Kollegin sterben sollte, nur weil sie nicht rechtzeitig eingegriffen hatten, würde er sich das niemals verzeihen. Er hatte noch nie einen Partner im Dienst verloren, und er hatte keine Lust, dass es jetzt anfing. Herr Baumann kehrte zum Bulli zurück und sah, wie Herr

Schmitz ein Megafon zur Hand nahm. Er setzte es an den Mund und brüllte: „Hier spricht die Polizei, lassen Sie Ihre Geiseln frei, oder nehmen Sie mindestens das Handy an, welches wir Ihnen vor die Haustür gelegt haben. Ich verspreche, dass Ihnen nichts geschehen wird. Also bitte kommen Sie heraus damit wir reden können."

Herr Baumann und Herrn Schmitz blickten zur Tür, jede einzelne Faser ihres Körper war bis zum Zerreißen gespannt. Würde der Täter die Tür öffnen und das Handy annehmen? Oder spielte er auf Zeit?

Herr Schmitz blickte auf seine Uhr, seit zehn Minuten warteten sie darauf, dass der Täter sich meldete, doch nichts geschah.

„Wir sollten stürmen.",flüsterte Herr Baumann.

„Noch nicht, ich will nicht, dass es zu einem unnötigem Blutvergießen kommt."

„Wie lange wollen Sie noch warten? Der Täter wird nicht rauskommen, das sehen Sie doch. Frau Mey kann inzwischen tot sein.“

„Lassen Sie es mich noch einmal versuchen. Und hören Sie mit diesem Gerede von Frau Mey kann inzwischen tot sein auf. Wenn wir stürmen kann es passieren, dass es noch wesentlich mehr Tote gibt, eine Tote ist besser als drei oder vier finden Sie nicht?“

Herr Baumann schwieg, es war sinnlos, mit Herrn Schmitz zu diskutieren, da er eh nur das tat, was er für richtig hielt.

„Hier spricht die Polizei, lassen Sie Ihre Geisel frei, oder nehmen Sie mindestens das Handy an, welches wir Ihnen vor die Haustür gelegt haben. Ich verspreche, dass Ihnen nichts geschehen wird. Also bitte kommen Sie heraus damit wir reden können.“, donnerte Herr Schmitz Stimme über die Straße. Nichts geschah.

„Wir sollten stürmen, Sie sehen doch selbst, dass der Täter kein Interesse daran hat mit uns zu kommunizieren.", sagte Herr Baumann.

Herr Schmitz seufzte, als er sagte: „Ist gut, Sie haben recht. Ich werde den Befehl geben."

Herr Schmitz ergriff das Funkgerät und sagte: „Achtung an alle Einheiten, bereit machen zum Stürmen, bereit machen zum Stürmen."

Herr Baumann drang zusammen mit seinen Kollegen durch die Vordertür ins Haus ein, während sich eine weitere Einheit durch die Kellertür Zugang verschaffte. Gemeinsam mit Herrn Schoolmann ging er durch den Flur und blieb vor einer Tür am Ende des Ganges stehen.

„Wohnzimmer gesichert, keine verdächtigen Personen."

„Küche sauber niemand zu sehen."

„Garten sauber."

„Garage sauber."

„Oh mein Gott, hier Einheit Drei, im Keller stehen jede Menge Käfige, in welchen sich Ratten befinden. Es müssen an die Hundert Tiere sein. Ansonsten keine Personen zu sehen." , drangen die Worte durchs Funkgerät. Herr Baumann und Herr Schmitz erreichten das Schlafzimmer. Was erwartete sie hinter der Tür? Der Täter konnte überall sein. Er konnte aus einer dunklen Ecke plötzlich mit gezückter Waffe hervorkommen, oder sie aus dem Hinterhalt erschießen. Herr Baumann Puls lag bei 95, seine Augen waren fast so scharf wie die eines Adlers, während seine Ohren in dieser Sekunde selbst das leiste Geräusch wie z. B: das Zirpen einer Grille vernehmen konnten. Seine Atmung war völlig ruhig.

„Im Bad keine verdächtigen Personen.", erklang die Stimme seiner Kollegen aus dem Funkgerät. Herr Baumann legte eine Hand auf die Klinke. Das Metall fühlte sich kalt und eigenartig an. Was war, wenn er hinter der Tür seine Kollegin fand? Was war, wenn sie tot war und der Täter fort? Wie würde er reagieren? Würde er mit der Schuld leben können? Herr

Baumann schloss die Augen, plötzlich nahm er die Hand von der Klinke, als hätte er sich an ihr die Finger verbrannt. Eine dunkle Vorahnung stieg in ihm auf. Vor seinem geistigen Auge sah er Frau Mey nackt auf dem Boden liegen. Den Blick starr zur Decke gerichtet, während sich eine Ratte durch ihren Augapfel fraß. Herr Baumann schauderte. Seine Finger waren taub, seine Beine schienen am Boden festgewachsen zu sein. Kalter Schweiß lief seinen Nacken hinab. Was erwartete sie hinter der Tür? Wartete der Killer dort mit gezückter Kanone? Sein Körper schien sich zusammen zu ziehen. Herr Baumann legte eine Hand auf die Klinke, holte tief Luft, schloss die Augen und zählte innerlich. „Eins ..., zwei ..., drei.

„Jetzt!", rief Herr Baumann seinem Kollegen zu, während er mit gezückter Kanone die Tür aufriss und ins Zimmer trat. Herr Baumann wirbelte herum, riss den Kleiderschrank auf, der sich rechts von ihm befand und sah hinein, er enthielt nichts, außer einigen abgetragenen Jeanshosen. Der Geruch von Kot und Urin schlug ihm entgegen und ließ ihn würgen.

„Hier Einsatzleiter Schmitz, Beamtin tot, ich wiederhole, Frau Mey ist tot. Bitte schicken Sie einen Leichenwagen."

Herr Baumann schluckte, als er seine Kollegin erblickte. Frau Mey lag gefesselt auf einem Bett, die Augen starr zur Decke gerichtet, während sich in ihrem Bauch ein Loch von fast 28 Zentimetern Durchmesser befand. Die Matratze war mit Blut getränkt.

Kapitel 20

Post für Herrn Baumann

Die Durchsuchung von Viktors Haus, sowie die Fahndung nach dem BMW blieben erfolglos. Zwei Tage nachdem er seine Kollegin tot im Keller des Mörders gefunden hatte, wurde ihm der Fall entrissen und das, obwohl er sich bei dem Anblick von Frau Meys Leiche geschworen hatte, Viktor zu finden. Bei der Durchsuchung fanden sie unter anderem 10 Ampullen des Tierbetäubungsmittels Pentobartial, sowie mehrere Spritzen und Betäubungspfeile. Bei den Ratten handelte es sich um Wanderratten, woher er die Tiere hatte, ließ sich nicht zurückverfolgen. Auf der Festplatte des Computers entdeckten die Beamten Videos der ermordeten Frauen. Ein Video zeigte Frau Meys Todeskampf. Herr Baumann ließ sich, nachdem er den Fall abgegeben hatte beurlauben, er brauchte Abstand, um das Geschehene zu verarbeiten. Es war das erste Mal, dass er eine Partnerin im Dienst verloren hatte. Es gab noch zwei weitere Tote, wer die Frauen jedoch waren, ist nicht überliefert. Eines Tages, es war an einem verschneiten Januartag, erreichte ihn folgender Brief:

Sehr geehrter Herr Baumann,

und was haben Sie bei dem Anblick Ihrer Kollegin empfunden, als Sie sie mit einem Loch im Bauch auf meinem Bett gefunden haben? Ich bewundere Ihren Mut, nur schade dass Sie jetzt aufhören mich zu jagen. Ich habe das Spiel mit Ihnen genossen. Aber jedes Spiel hat ein Ende. Sagen Sie Herr Baumann können Sie noch in den Spiegel schauen, jetzt wo Frau Mey durch Ihre Inkompetenz das Leben verloren hat? Oder spielen Sie mit dem Gedanken Ihren Beruf an den Nagel zu hängen? Ich glaube, bei der Verkehrspolizei ist noch ein Platz für Sie frei, oder als Wachmann in einem Museum. Oder wie wäre es mit Kaufhausdetektiv? Wohin Sie

Ihr Weg auch führen mag, ich denke oft an Sie. Die CD ist eine kleine Anerkennung von mir, ich wünsche Ihnen viel Spaß damit. Wissen Sie überhaupt, wie es mir gelungen ist, Ratten so angriffslustig zu machen? Garantiert kreist diese Frage bereits seit dem Tag in ihrem Kopf herum, wo Sie angefangen haben den Fall zu bearbeiten. Lassen Sie es mich erklären. Sind Sie schon mal hypnotisiert worden? Ich vermute nicht, aber Hypnose ist genau das, was Ratten aggressiv macht. Und glauben Sie mir, Frau Mey hat meiner Ratte vorzüglich geschmeckt. Sie sollten mir für meine Tat dankbar sein, immerhin habe ich Sie von Ihrem schlimmsten Dämon erlöst. Hätten Sie die Güte Ihren Kollegen auszurichten, dass ich Ihnen viel Glück bei der Jagd wünsche?

Vielen Dank, ich werde immer an Sie denken.

Ihr alter Freund

Viktor

Der Verfasser des Briefes wurde nie gefunden. Wo sich Viktor heute aufhält, weiß niemand. Manche glauben, dass er sich in den warmen Süden abgesetzt hat, andere glauben, dass er längst gestorben ist. Nach diesem Brief fand die Polizei noch zwei weitere Leichen, bevor das Morden aufhörte.

Weitere Werke von Stefan Lamboury

Illusionen der Macht

Fantasynovelle

Das Buch:

Als Chain nach einer langen Reise in sein Heimatland zurückkehrt, muss er feststellen, dass alle Einwohner Cantanas entweder tot oder durch feindliche Truppen verschleppt worden sind. Durch einen Brief seines Vaters erfährt er, dass hinter dem Angriff Elvarrons gefallene Tochter Alexa steckt. Sein Vater trägt ihm auf einen Magier mit dem Namen Kaemrock zu finden, der Alexa vor vielen Jahren mit Hilfe von fünf magischen Ringen besiegt hat. Und so begibt sich Chain auf eine lange und gefährliche Reise, in der eine mysteriöse Glaskugel eine verhängnisvolle Rolle spielt.

ISBN Ebook: 978-3739449425
ISBN HC: 978-3384172327
ISBN TB: 978-3384172310
ASIN Hörbuch: B0D8LN63P2

Rache
Horror

Das Buch:

Arnold Habicht und seine Frau wollen nach dem Verlust ihres Sohnes in Marienheim einer fiktiven Küstenstadt in der Nähe von Cuxhaven neu anfangen. Doch die Bewohner der Stadt sind zurückhaltend und sehr schweigsam, besonders wenn sich eine Vollmondnacht anbahnt, scheinen die Bürger von panischer Angst befallen zu sein. Arnold beobachtet, wie sich die Bewohner bei jeder Vollmondnacht zu einer seltsamen Zeremonie zusammenfinden. Einen Tag danach findet Arnold blutige Kleidungsstücke am Strand. Was hat das zu bedeuten? Bei seinen Nachforschungen findet er Hinweise auf ein unfassbares Verbrechen und schon bald befinden seine Frau und er selbst sich in tödlicher Gefahr.

ISBN Ebook: 978-3739472140
ISBN Taschenbuch: 978-1728849553
ISBN Hardcover: 978-3384173287
ASIN Hörbuch: B0DCQDX289

Kleine Seele du sollst gehorchen

Das Buch:

Anna verliert bei einem Autounfall beide Eltern und wird in einem Heim untergebracht. Schnell merkt Anna, dass die Kinder alle still und leise sind. Sie scheinen total eingeschüchtert zu sein. Es dauert nicht lange, bis sie selbst das grausame Regime der Nonnen kennenlernt und feststellt, dass sie wie Sklaven gehalten werden. Ohne Rücksicht auf ihre körperliche oder seelische Gesundheit werden sie von den Nonnen als Versuchskaninchen für die Pharmaindustrie missbraucht. Bei jedem noch so kleinen Vergehen drohen drastische Strafen. Eines Tages fasst Anna einen folgenschweren Entschluss.

ISBN Hardcover: 978-3-384-41992-7
ISBN Taschenbuch: 978-3-384-41991-0
ISBN Ebook: 978-3-7394-4896-1